K・A・アップルゲイト／羽地和世［訳］

アニモーフ

1 エイリアンの侵《しん》略《りゃく》

ハリネズミの本箱

早川書房

アニモーフ1　エイリアンの侵略《しんりゃく》

日本語版翻訳権独占
早川書房

ANIMORPHS
The Invasion
by
K. A. Applegate

Translated by
Kazuyo Haneji
First published 2004 in Japan by
Hayakawa Publishing, Inc.
This book is published in Japan by
arrangement with
Scholastic Inc.
through Japan Uni Agency, Inc., Tokyo.

さし絵：飯田正美

マイケルに

登場人物《とうじょうじんぶつ》

ジェイク……………………中学生。リーダー格《かく》の男の子。第一巻《かん》の語り手
レイチェル…………………ジェイクのいとこ。おしゃれな女の子
トバイアス…………………転校生。気の弱い男の子
キャシー……………………レイチェルの親友。動物が大好《す》き
マルコ………………………ジェイクの親友。皮肉《ひにく》や冗談《じょうだん》をよくいう
トム…………………………ジェイクの兄。高校生
チャップマン………………中学校の教頭先生
エルファンゴル・
　シリニアル・シャムトゥル……アンダリテ（善良《ぜんりょう》なエイリアン）の王子
ヴィセル・スリー…………イェルク（邪悪《じゃあく》なエイリアン）の実力者《じつりょくしゃ》
ホルク・バジール…………イェルクの奴隷《どれい》にされた種族《しゅぞく》
タクソン……………………イェルクと手を組んだ種族

第一章

ぼくの名前はジェイク。名字は教えるわけにいかない。あぶなすぎるから。寄生者《きせいしゃ》はどこにでもいる。そこいらじゅうどこにでも。名字がわかれば連中《れんちゅう》はぼくや友だちを見つけだすだろうし、そうなったら……いや、あいつらには見つかりたくないとだけいっておこう。やつらに抵抗《ていこう》する人間がどんな目にあうか、考えるだけでもおそろしい話なんだ。

ぼくの住んでいるところも教えられない。ただ、それがほんとうにある場所、実在《じつざい》する町だということを信《しん》じてもらうしかない。もしかしたら、きみの住んでいる町かもしれない。

ぼくがこうやって書いているのは、もっとたくさんの人にほんとうのことを知ってもらいたいからだ。そうすれば人類《じんるい》は、約束《やくそく》どおりにアンダリテが助けに来てくれるまで、ひょっとしたら生きのびることができるかもしれない。

ひょっとしたら。

ぼくの毎日も、以前《いぜん》はごく平凡《へいぼん》なものだった。平凡――そう、ショッピングモールでのあの金曜日の晩《ばん》までは。ぼくは親友のマルコといっしょに、マンガ本やなんかを売っているその店をうろついて、ゲームをしていた。いつものことだった。

ゲーム機《き》に入れる二十五セント玉を切らしてしまったのは、ちょうどマルコのほうが大量《たいりょう》得点差《とくてんさ》で勝っているときだった。たいがいの場合、ぼくらはおなじくらいゲームが強い。ぼくは家にセガのゲーム機を持っているから、練習する時間はたっぷりある。いっぽうマルコは、ゲームを分析《ぶんせき》してちょっとした仕掛《しか》けのあれこれを見抜《みぬ》くのにすごい才能《さいのう》があって、だからぼくが負けることもある。

でもそのときは、ぼくがあまり集中していなかっただけかもしれない。その日は学校でちょっといやなことがあったから。バスケットボールのチームに入るテストを受けたんだけど、選《えら》ばれなかったんだ。

ほんとうなら、そんなのはたいした問題《もんだい》じゃなかった。ぼくの兄貴《あにき》のトムが、中学生のころ、ものすごい名選手《めいせんしゅ》だったことをべつにすれば。いま兄貴は高校生チームの高得点選手だ。そういうわけで、だれもが、ぼくもかんたんに選手になれるだろうと思っていた。ただ、そうはいかなかったというだけだ。

さっきもいったように、たいしたことじゃない。それでもやっぱり気になっていた。兄貴《あにき》とぼくは以前《いぜん》ほどにはいっしょに遊ばなくなっていた。それでぼくはこう考えたんだ、バスケのチームに入って兄貴のむかしのポジションを手に入れたら……

まあ、そんな話はともかく、お金がなくなって家に帰ろうとしていたマルコとぼくは、そこでトバイアスに出くわした。トバイアスっていうのは……そうだな、いまでもちょっと変《か》わったところのあるやつだ。転校してきたばかりで、けんかが強いタイプでもないから、しょっちゅういじめられていた。

じっさい、ぼくがトバイアスと知りあったのは、あいつがトイレに頭を突《つ》っこまれているときだった。図体《ずうたい》のでかい連中《れんちゅう》ふたりがトバイアスを押《お》さえつけて、水を流しながら笑《わら》っていた。トバイアスの金髪《きんぱつ》が便器《べんき》のなかでうずを巻《ま》くようにばらばらに広がっていた。ぼくはそのふたりの卑怯《ひきょう》ものにあっちへ行けといってやった。それからというもの、トバイアスはぼくのことを友だちだと思っていた。

「なにかおもしろいことでもあった？」とトバイアスがたずねた。

ぼくは肩《かた》をすくめた。「べつに。もう家に帰るところだよ」

「二十五セント玉がなくなっちゃったんだ」とマルコが説明《せつめい》を加《くわ》えた。「スリーズ・トロールは地獄湾《じごくわん》をわたったすぐあとに出てくるってことを、忘《わす》れてばかりいるやつがいてさ。それで毎回ゲームがすぐに終わって――で、二十五セント玉もすぐになくなるっていうわけ」

マルコは親指をぐいと動かしてぼくを示《しめ》しながら、〝忘《わす》れているばかりいるやつ〟というのがだれのことを指しているのか、トバイアスにもまちがえようのないようにいった。

「それじゃ、ぼくもいっしょに帰ってもいいかな」

ぼくはいいよといった。そうしよう、と。

出口に向かおうとしたところで、レイチェルとキャシーのすがたを見つけた。レイチェルはけっこう美人だと思う。というか、とても美人だ。もっともレイチェルはぼくのいとこだから、そんなふうに考えたことはないんだけど。金髪《きんぱつ》に青い目で、いわゆるスマートな、すごくバランスのとれた外見をしている。いつでも、どんな服装《ふくそう》をしたらいいか、どうすれば女の子たちの好《す》きなファッション雑誌《ざっし》から抜《ぬ》けだしてきたみたいに見えるかを知っている子のひとりだった。しかも、体操《たいそう》を習っているから動作《どうさ》がとても優雅《ゆうが》だ。本人にいわせると、選手《せんしゅ》をめざすには背《せ》が高すぎるということだけど。

キャシーはある意味で正反対《せいはんたい》のタイプだ。たとえば、たいていジーンズに格子縞《こうしじま》のシャツとか、とにかく気取らない服を着ている。黒人で、髪《かみ》の毛はいつもショートにしている。しばらく長めに伸《の》ばしていたが、また短くした。ぼくはそのほうが好きだ。キャシーはレイチェルよりもおとなしくて、おだやかだ。まるでいつもなにかべつの、もっと神秘的《しんぴてき》なレベルでものごとを理解《りかい》しているかのようなんだ。

　ぼくはキャシーのことがちょっと好《す》きだといっていいと思う。ときどき、通学バスで並《なら》んで座《すわ》ったりする。そんなときはいつも、なにを話したらいいのかわからないんだけど。

「うちに帰るところ?」とぼくはレイチェルにたずねた。「女の子だけで工事現場《こうじげんば》を通らないほうがいいよ」

　いうんじゃなかった。レイチェルに向かって、弱いとか頼《たよ》りないとかいった意味あいのせりふを口にしちゃいけないんだった。ティーンズ雑誌《ざっし》のモデルかなにかのように見えるかもしれないが、レイチェルは自分のことを『X‐メン』に出てくるストームのように思っているんだ。

「わたしたちといっしょに来て、守ってくださるおつもりかしら、りっぱでつよーい男のかた?」とレイチェルはいった。「わたしたちが頼りないって思ってるのね、それもただ――

――」

「いっしょに帰ってくれるのなら、ありがたいわ」とキャシーがさえぎった。「あなたがちっともこわがってないのはわかってるけど、レイチェル、でもわたしはこわいもの」

　レイチェルもこれにはなにもいえなかった。キャシーというのはそんなふうなんだ。いつだって、だれの気も悪くしないで、言いあらそいをとめるようなことばを知っている。

そういうわけでぼくたち五人——マルコ、トバイアス、レイチェル、キャシー、そしてぼく——は家に帰ろうとしていた。ショッピングモールに入りびたりの、ふつうの子どもが五人だ。

ときどきぼくは、自分たちがふつうの子どもだったあの最後《さいご》のひとときを思い出す。まるで百万年もまえのことのように、だれかまったくべつな子どもたちの話のように思える。ちょうどそのとき、ぼくがなにを心配していたかわかるかい？　バスケットボールのチームに入れなかったことを、兄貴《あにき》に白状《はくじょう》することだよ。あのときはその程度《ていど》のことが、人生で最悪のことだった。

その五分後には、人生ははるかにおそろしいものになるわけだけど。

ショッピングモールから家に帰るには、大きくまわり道をする安全な行きかたと、とちゅうで放りだされたままの工事《こうじ》現場《げんば》を突《つ》っ切る行きかたとがある。斧《おの》を持った殺人鬼《さつじんき》がうろついていないともかぎらないので、父さんと母さんには、そこを通ったりしたら二十歳《はたち》になるまで外出禁止《きんし》にするといいわたされていた。

そんなことはともかく、ぼくたちは道をわたって工事現場に向かった。そこは広い一帯《いったい》で、ふたつの側《がわ》は木立《こだ》ちにかこまれ、ショッピングモールからは高速道路《こうそくどうろ》で隔《へだ》てられている。いちばん近い住宅《じゅうたく》とのあいだには広い野原があって、とてもさびしい場所だ。

もともと、そこは新しいショッピングセンターになる予定だった。それがいまでは、とちゅうまでしかできていない建物《たてもの》がいくつも並《なら》んで、ゴーストタウンのように見えた。さびた鋼鉄《こうてつ》の角材《かくざい》を高く積《つ》みあげた山、巨大《きょだい》な土管《どかん》のピラミッド、小さな土の山、黒くにごった水のたまっている深い穴《あな》、そしてきしんだ音をたてる、さびた工事用クレーン。以前《いぜん》ぼくはそれに上《のぼ》ったことがある。下に残ったマルコから、ばかなことをするやつだといわれたっけ。

　なにしろまったく人けのない場所で、首のうしろの毛がぞっと逆立《さかだ》つようなかげだとか物音だとかでいっぱいだ。マルコとぼくが昼間そこに行くと、いつもビールのあき缶《かん》や酒のあきびんが転がっていた。ときには、人目につかない建物のすみっこに小さなたき火のあとが残っていることもあって、だれかが夜のあいだにそこへ来ることがわかった。その晩《ばん》、びくびくしながらそこを通っていたとき、ぼくの頭にあったのはそんなことばかりだった。

　最初《さいしょ》にそれを見たのはトバイアスだった。あいつは空を見あげながら、ひとりで歩いていた。たぶん、星でも見ていたんだろう。トバイアスはときどきそんなふうになる。自分の世界に入ってしまうんだ。

　そのトバイアスがきゅうに立ちどまった。そしてほとんど真上を指さしながら、「見て」といった。

「なんだよ?」ぼくは気を散《ち》らされたくなかった。というのも、電気ノコギリを持った殺人《さつじん》

鬼《き》がうしろから忍《しの》びよってくる音を、まちがいなくきいたような気がしたからだ。

「とにかく見てよ」とトバイアスがいった。声がいつもとちがっていた。おどろいているようだったが、同時に真剣《しんけん》だった。

それでぼくも上を見た。するとそれが見えた。空をさっと横ぎる、明るく輝《かがや》く青白い光。はじめのうちはすごい速さで、飛行機《ひこうき》なんかじゃないことがわかった。それからだんだんゆっくりになっていった。「あれはなんだ？」

トバイアスは首をふった。「さあ」

ぼくはトバイアスを見た。トバイアスもぼくを見た。ふたりとも、自分たちがそれをなんだと思っているかはわかっていたけれど、口に出していいたくはなかった。マルコとレイチェルに笑《わら》われるだろうと思ったから。

ところが、キャシーはすぐさま口にした。「空飛《そらと》ぶ円盤《えんばん》だわ！」

第二章

「空飛《そらと》ぶ円盤《えんばん》だって？」とマルコはいって案《あん》の定《じょう》笑った。が、それも空を見あげるまでのことだった。

胸《むね》の奥《おく》で心臓《しんぞう》がどくどく鳴りだした。不思議《ふしぎ》なような、わくわくするような、こわいような気分が同時に襲《おそ》ってきた。

「こっちに来るわ」とレイチェルがいった。

「そうかな」やっとのことで出てきたのはささやき声だった。口のなかがカラカラにかわいていた。

「ええ、こっちに向かってる」とレイチェルはいった。レイチェルはいつもきっぱりとしたいいかたをする。自分のいうことにぜったいの自信があるみたいに。

レイチェルのいうとおりだった。近づいてきている。だんだんに速度を落として、外見もかなりはっきり見えてきた。

「空飛《そらと》ぶ円盤《えんばん》とはちがうみたいだな」とぼくはいった。

なによりもまず、それほど大きくはなかった。通学バスほどの大きさで、前面にはたまごのようなかたちをした格納器《かくのうき》がついている。格納器のうしろが細長い軸《じく》で本体につながっている。ずんぐりとしたつばさのような、曲がったものがふたつあって、それぞれのつばさの先には長い管《くだ》がついており、その端《はし》がまぶしいブルーに輝《かがや》いていた。

その小さな宇宙船《うちゅうせん》はかわいいといってもいいくらいだった。なんというのか、害《がい》のない感じで。ただ、しっぽみたいなものがついているのをべつにすれば。それはうわ向きにまがった意地の悪そうなしっぽで、先端《せんたん》が針《はり》のように鋭《するど》くなっていた。

「あのしっぽのところは、武器《ぶき》みたいだな」とぼくはいった。

「たしかに」とマルコがうなずいた。

そのあいだにも小さな宇宙船は速度を落としつつ、こちらに近づいてきていた。

「とまるわよ」とレイチェルがいった。ぼくとおなじように、ちょっと現実感《げんじつかん》のない口ぶりだった。自分たちの見ているものが信《しん》じられないというような。あるいは信じたくなかったのかもしれない。

「ぼくらのことが見えてるはずだ」とマルコがいった。「逃《に》げたほうがいいかな？　家まで走ってって、カメラを取ってきたほうがいいかも。ほんもののUFOのビデオがいくらで売れるか知ってるか？」

「逃げたりしたら、もしかして……わからないけど、フェイザー銃《じゅう》を全開にして撃《う》ってくるかもしれないぞ」とぼくはいった。まあ、一種《いっしゅ》の冗談《じょうだん》のつもりで。

「フェイザー銃なんて、『スター・トレック』にしか出てこないよ」マルコはそういうと、ダサいやつだと思っているときにいつもするように、目をぐるりとまわしてみせた。自分は宇宙船の専門家《せんもんか》だとでも思っているらしい。まあ、それならそれでもいいさ。

　宇宙船が、ぼくらのちょうど真上、三十メートルあたりのところに停止《ていし》した。ぼくは自分の髪《かみ》の毛がさかだつのを感じた。レイチェルのほうをちらりと見ると、レイチェルもおかしなすがたになっていた。長いブロンドの髪の毛がいろんな方向に突っ立っていたからだ。キャシーだけがいつもと変《か》わらなかった。

「あれはなんだ？」とマルコがいった。ちょっと頼《たよ》りない口調《くちょう》になっている。その物体があまりに近くまできたもので、それほど落ちつきはらってもいられなくなったのだ。正直なところ、ぼくもこわかった。ほんのちょっぴり。というのはつまり、びっくりして動けなかったくらいに。でも同時に、こんなにすごいことはほかにはないとも思った。だって宇宙船だよ！ それも頭のすぐ上に。

信《しん》じられないかもしれないが、トバイアスはにこにこしていた。そういうやつなんだ。変《か》わったことにはちっともおどろかない。トバイアスが苦手なのは、ありふれたことのほうだ。

「着地するみたいだよ」トバイアスはそういって、すごくうれしそうな顔をした。目は興奮《こうふん》に輝《かがや》き、ブロンドの髪《かみ》の毛はからまって、さかさまに立っていた。

宇宙船《うちゅうせん》が降下《こうか》しはじめた。「ここに下《お》りてくるぞ！」とぼくは叫《さけ》んだ。

大声でわめきながらこの野原を突《つ》っ切り、家に向かってまっしぐらに走って帰りたい。そしてできることなら、ベッドにもぐりこんで頭までふとんをかぶってしまいたい。そう願《ねが》いながらも、これが世にも不思議《ふしぎ》なすごいできごとであることもわかっていた。このまま、すべてを見とどけなければならない。

ほかのみんなもおなじように思ったにちがいない。というのも、宇宙船がまぶしい光をはなって、ブーンという低《ひく》い音をたてながら、ガラクタの山とくずれた壁《かべ》のあいだのあき地にゆっくりと着地するあいだ、そろってその場に立ちつくしていたからだ。格納器《かくのうき》の上部のふちにそって、焼《や》けこげたあとが見えた。表面がとけている部分もある。機体《きたい》が地面にふれたとたんに青い光は消えた。レイチェルの髪の毛がもとどおりになった。

「あんまり大きくないのね」とレイチェルがささやいた。

の大きさかな」

「ちょうど、そうだなあ――」ぼくはいった。「――うちのミニヴァンの三倍か四倍くらい

「だれかに報告《ほうこく》しなくちゃ」とマルコがいった。「だって、これって一種《いっしゅ》の重大事件《じけん》だろう？　宇宙船《うちゅうせん》は毎日、工事現場《こうじげんば》に着陸《ちゃくりく》するわけじゃない。警察《けいさつ》か軍隊《ぐんたい》か、大統領《だいとうりょう》かだれかに知らせなくちゃ。ぼくたち、すごく有名になるだろうな。きっとテレビに出られるぞ」

「うん、たしかに、だれかを呼《よ》んだほうがいいだろうな」とぼくもいったけど、だれも動かなかった。だれも宇宙船のそばからはなれようとはしなかった。

「話しかけてみたらどうかと思うんだけど」とレイチェルがいった。腰《こし》に両手をあてて、まるで解《と》かなくてはいけない問題をながめるように、宇宙船を見つめていた。「つまり、意思の疎通《そつう》をはかるべきじゃないかしら。そんなことができるならの話だけど」

トバイアスがうなずいて、まえに進みでると両手を広げた。宇宙船のなかにいるだれかに向かって、武器《ぶき》はなにも持っていないことを示《しめ》したかったのだろう。「だいじょうぶ」と大きなはっきりした声でトバイアスはいった。「危害《きがい》は加《くわ》えません」

「ことばが通じると思うかい？」あやしいものだと思いながらぼくはいった。

「でも、『スター・トレック』だと、みんな通じてるわよ」とキャシーが不安そうに笑《わら》いながらいった。

トバイアスはもういちどやってみた。「さあ、出てきて。危害《きがい》は加《くわ》えませんから」

〈わかっている〉

ぼくはぎょっとした。そう、たしかにだれかが〝わかっている〟というのをきいたんだけど……ただ、なんの音もしなかった。つまり、伝《つた》わってきたけれど、耳できいたわけではなかったということだ。

ひょっとしたらこれはみんな夢《ゆめ》なのかもしれない。横目でキャシーを見ると、キャシーもこちらを見かえした。キャシーにもきこえたようだった。レイチェルを見ると、きょろきょろとあたりを見まわして、あの音――あれは音ではなかったけれど――がどこからきこえてきたのかたしかめようとしているみたいだった。胃《い》のあたりが変《へん》になって、気分が悪くなりそうだった。

「みんなあれをきいた？」とトバイアスが小さな声でいった。

全員がそろって、やけにゆっくりとうなずいた。

「出てきてくれますか？」大きな、いかにも異星人《いせいじん》に話しかけてますという口調《くちょう》で、トバイアスはもういちどたずねた。

〈ああ。こわがらなくてもいい〉

「こわがったりはしませんよ」とトバイアスはいった。

「勝手に決めるなよ」とぼくがつぶやくと、みんな落ちつかなげにくすくす笑《わら》った。

細い光の弧《こ》があらわれ、格納器《かくのうき》部分のこげていないほうの扉《とびら》が、ゆっくりと開いていった。ぼくは催眠術《さいみんじゅつ》にかかったように、その場に立ってじっと見つめていた。開いた部分がだんだんに大きくなっていき、最初《さいしょ》は三日月《みかづき》のようだったのが、やがて満月《まんげつ》のような明るい円になった。

そして、そのものがすがたをあらわした。

見た瞬間《しゅんかん》、人間とシカのクローンじゃないだろうかと思った。その生き物には、頭と肩《かた》と腕《うで》がとりあえずつくべきところについていたけれど、皮膚《ひふ》の色は青みがかったうすい色だった。胸から下のほうには青色と黄土色《おうどいろ》のまじったにこ毛が生えていて、まさしくシカか、小さな馬みたいに見える四本足の体をおおっていた。

頭をさげて扉をくぐったそのすがたを見ると、わりあいふつうに思われた部分もそれほどふつうというわけではないことがわかった。まず、口がなく、三本の垂直《すいちょく》の切れ目があるだけだった。それから目。ふたつはふつうの目の位置《いち》にあったが、その色はきらきら光る強烈《きょうれつ》な緑色だった。が、それ以上に強烈なショックだったのは、それ以外の目だ。その生物にはつののようなものがあったが、そのそれぞれの先に目がついていたのだ。つのは動かすことができ、それをぐるぐるまわして目を前後や上下に向けるのだった。

その目を見ただけで手ごわい感じがしたが、それもしっぽを見るまでのことだった。まるでサソリのしっぽのような、太くて力の強そうなしっぽだった。先のところがいかにも危険《きけん》な感じにまがっていて、すごくとがったつのか毒針《どくばり》のようだった。それはこの生き物の乗っていた宇宙船《うちゅうせん》を思わせた。あれもしっぽに気づくまでは、無邪気《むじゃき》で無害《むがい》そうに見えたっけ。この生き物も、一見したところでは無害そうに見える。でもしっぽに気づいたらみんな思うはずだ。わあ、こいつおこらせたら、かなりあぶないぞ、と。

「こんにちは」とトバイアスがいった。やさしい、まるで赤ん坊《ぼう》に話しかけるかのような声だった。その顔はにこにこしていた。

ぼくも気づいたら笑顔《えがお》になっていた。それと同時に、自分の目に涙《なみだ》が浮《う》かんでいるのにも気づいた。どんな感じだったのか、うまく説明《せつめい》はできないけど、とにかく、まるでその異星《いせい》人《じん》がむかしから知っているだれかのような感じがしたんだ。長いあいだずっと会わなかった友だちのような。

〈こんにちは〉と異星人がいった。頭のなかでだけきこえる、あの音のないやりかたで。

「こんにちは」とぼくたちはそろって返事をした。

そのとき、おどろいたことに、異星人の体がぐらりと揺《ゆ》れて宇宙船から地面に落下した。トバイアスがつかんでささえようとしたが、異星人はその手をすべりぬけて、地面にひっく

りかえってしまった。

「見て！」キャシーが叫んで、異星人《いせいじん》の右半身をおおっているやけどを指さした。「けがをしてるわ」

〈ああ。死にそうなんだ〉と異星人はいった。

「どうしたらいい？　救急車《きゅうきゅうしゃ》でも呼《よ》ぼうか」とマルコ。

「傷口《きずぐち》に包帯《ほうたい》をしましょう」とキャシーがいった。「ジェイク、シャツを貸《か》して。引《ひ》き裂《さ》いたら包帯《ほうたい》がつくれるわ」キャシーの両親はふたりとも獣医《じゅうい》で、キャシーも大の動物好《ず》きなんだ。べつに、この異星人が動物だということじゃないけど。ともかく正確《せいかく》にはちがうだろう。

〈いや、わたしは死ぬと思う。これは致命傷《ちめいしょう》だ〉

「そんなことはない！」とぼくは叫《さけ》んだ。「死んじゃだめだ。地球にやってきた最初《さいしょ》の異星人なのに。死んじゃだめだよ」どうしてそれほど悲しくなったのかはわからない。ただ、こころの奥底《おくそこ》で、その生き物が死ぬと考えるだけで悲しくてたまらなくなったんだ。

〈わたしが最初ではない。ほかにおおぜい、おおぜいいる〉

「異星人がほかにもいるの？　あなたのような？」とトバイアスがたずねた。

異星人は大きな頭をゆっくりと左右にふった。〈わたしのようではない〉

そこで異星人は痛《いた》みに声をあげ、音ではない音がぼくのこころのなかに激《はげ》しくひびいた。

その瞬間《しゅんかん》、ほんとうに死にそうなんだと感じた。

〈わたしのようではない〉と異星人《いせいじん》はくりかえした。〈連中《れんちゅう》はちがっている〉

「ちがっているって？　どんなふうに？」とぼくはたずねた。

そのこたえをぼくは一生忘《わす》れないだろう。

異星人はいった。〈連中はきみたちを殺《ころ》しにやってきた〉

第三章

〈連中《れんちゅう》はきみたちを殺《ころ》しにやってきた〉

不《ふ》思議《しぎ》なことに、ぼくたちにはその異《い》星人《せいじん》が真実《しんじつ》をいっているということがわかった。だれも〝まさか〟とか〝つくり話だろう〟とはいわなかった。ただ、わかったのだ。その異星人は死にかけていて、なにかおそろしいことをぼくらに警告《けいこく》しようとしているのだと。

〈その連中はイェルクと呼《よ》ばれている。われわれとはべつの種族《しゅぞく》だし、きみたち人間ともちがう〉

「その連中が、もうすでに地球に来ているっていうんですか？」とレイチェルが強い口調《くちょう》でたずねた。

〈おおぜい来ている。何百も、ひょっとしたらもっと多く〉

「どうしてだれも気づいていないんだ?」とマルコがもっともなことをいった。「学校でうわさになっていそうなものじゃないか」

〈そういうことではない。イェルクはちがっている。やつらはきみたちやわたしのような肉体を持っていない。ほかの動物の体のなかに住みつくのだ。イェルクは……〉

　イェルクを説明《せつめい》するのによいことばが見つからなかったのだろう、異星人《いせいじん》は目を閉《と》じて、こころを集中しているように見えた。ふいに、頭のなかにあざやかな映像《えいぞう》が浮《う》かんだ。灰色《はいいろ》がかった緑色の、ナメクジのようなぬめぬめした生物だった。もっと大きくて、ネズミぐらいの大きさだろうか。気持ちのよいものではなかった。

「これがイェルクらしいね」マルコがいった。「でなきゃ、ねばねばのでっかいチューインガムのかたまりか」

〈宿主《やどぬし》がいなければほとんど無力《むりょく》といっていい。イェルクというやつは――〉

　とつぜん、激《はげ》しい痛《いた》みの波が異星人からじかに伝《つた》わってきた。悲しみも感じられた。自分がもうじき死ぬことを知っているのだ。

〈イェルクというのは寄生《きせい》生物なんだ。宿主がいないと生きていけない。宿主のなかにいるときには、寄生者と呼ばれる。脳《のう》に入りこんで、宿主の考えや感情《かんじょう》を支配《しはい》するんだ。そのとき、やつらは宿主が自発的《じはってき》に受けいれるようにしむける。そのほうがかんたんだから。宿主

がすこしでも抵抗《ていこう》するとめんどうだからね〉

「その連中《れんちゅう》が人間を乗っ取るというんですか？　人を、人の体を乗っ取るんですか？」とレイチェルがきいた。

「すごくたいへんな話じゃないか」とぼくはいった。「ぼくたちなんかにきかせている場合じゃない。ぼくたちはただの子どもなんですよ。これは政府《せいふ》に知らせたほうがいいようなことでしょう」

〈阻止《そし》できると思っていたんだが、われわれのドーム・シップがZスペースから出てくると、連中のバグ・ファイターの大群《たいぐん》が待ちかまえていた。こちらも、連中の母艦《ぼかん》に気づいていたから、むかえ撃《う》つ準備《じゅんび》はできていた。だが、イェルクは奇襲《きしゅう》をかけてきた。月面のクレーターに強力なブレード・シップをひそませていたんだ。われわれは戦《たたか》ったが……やられてしまった。わたしはここまで追跡《ついせき》された。イェルクはもうじき、わたしとこの船の形跡を消すために、ここへやってくるだろう〉

「どうしたらそんなことが？」とキャシーがびっくりしたようにいった。

異星人《いせいじん》の目がほほえんだようだった。〈連中のドラコン・ビームを使えばこの船も……それにこの肉体も、わずかな分子《ぶんし》以外はなにも残《のこ》らないだろう。わたしは故郷《こきょう》の星に通信を送った。われわれアンダリテは、宇宙《うちゅう》のいたるところでイェルクを相手《あいて》に戦っている。わたしの同胞《どうほう》が救援《きゅうえん》を送ってくれるはずだが、それには一年か、あるいはそれ以上《いじょう》かかる。それまでにはイェルクがこの星を支配《しはい》してしまう。そうなったらおしまいだ。きみたちは人々に教えなければならない。みんなに警告《けいこく》しなければならないんだ！〉

　もういちど、異星人《いせいじん》の体を痛《いた》みの波が引き裂《さ》き、もうじき死ぬのだということがぼくたちにもわかった。

「だれも信《しん》じないと思うな」マルコがいかにもむりだというようにいい、ぼくの顔を見ると首をふった。「ぜったいに」

　たしかにそのとおりだった。そのイェルクとやらがアンダリテの宇宙船《うちゅうせん》を消しさってしまったら、いったいどうすればほかの人たちに信じてもらえるっていうんだ？　頭がおかしいか、麻薬《まやく》をやっていると思われるのがオチだ。

「本人が死ぬと思っていたってかまわないわ、なんとか助けなくちゃ」とレイチェルがいった。「病院に連《つ》れていきましょう。それかキャシーの両親のところへ……」

〈時間がないんだ、時間が〉とアンダリテはいった。そこで目がぱっと明るくなった。〈もしかしたら……〉

「えっ？」

〈船のなかへ行ってきてくれ。小さな青い、なんの飾《かざ》りもない箱があるから、それを持って

きてもらいたい。急いで！　わたしにはもう時間が残《のこ》されていない。それにまもなくイェルクに見つかってしまうだろう〉

ぼくたちは顔を見あわせた。だれが宇宙船《うちゅうせん》のなかに入るんだ？　どういうわけか、みんなぼくが入るものと思っているようだった。ぼくにはそんなつもりはなかったのに、ほかのみんなはそう決めこんでいた。

「さあ行って」とトバイアスがいった。「ぼくはそばにいてあげたいから」トバイアスはアンダリテの横にひざまずき、その小さな肩《かた》に元気づけるように手を置《お》いた。

ぼくは宇宙船の扉《とびら》に目をやった。それからちらりとキャシーのほうを見た。

「さあ行ってきて」キャシーはそういってにっこりした。「あなたならこわくないでしょ」

そんなことはない。ものすごくこわかった。でも、その笑顔《えがお》を見たらしりごみする気にはなれなかった。

ぼくは扉まで歩いていって、なかをのぞきこんだ。そこはおどろくほど簡素《かんそ》で、居心地《いごこち》がよさそうにさえ見えた。あらゆるものがクリーム色をしていて、とがったものはなにもなく、楕円形《だえんけい》のようなかたちをしていた。その箱だけが空色で正方形だったので、すぐに見つけられた。十センチ四方ぐらいの小さい箱なのに、けっこう重そうに見えた。

ぼくは宇宙船《うちゅうせん》のなかへ入っていった。座席《ざせき》はなく、アンダリテが操縦装置《そうじゅうそうち》をあやつるときに四本足で立つところらしいスペースがあるだけだった。スイッチだとかなにかがあるわけでもなく、ぼくは、アンダリテは思考で機体《きたい》を操縦するのだろうかと考えた。

急いで箱をつかんで、外にもどろうとしたとき、あるものが目にとまった。小さな、立体《りったい》感《かん》のある写真だった。四人のアンダリテがそろって立っている。大まじめな顔をしたシカの奇妙《きみょう》な集まりのように。そのなかのふたりはとても小さかった——子どもだ。ぼくはそれがあのアンダリテの家族の写真であることに気づいた。

あのアンダリテがこの地球《ちきゅう》で、家族から何百万キロもはなれたところで死にかけていることを思うと、悲しみで胸《むね》がいっぱいになった。地球の人々を守ろうとしたせいで死んでしまうのだ。同時に、イェルクだか寄生者《きせいしゃ》だか、なんだか知らないがその原因《げんいん》である連中《れんちゅう》に対する怒《いか》りが小さく燃《も》えあがった。

ぼくはみんなが輪《わ》になっているところへもどった。

「はい、これ」ぼくはアンダリテに箱を手わたした。

〈ありがとう〉

「あの……あれはあなたの家族ですか？　あの写真だけど」

〈そうだ〉

「ほんとうに残念《ざんねん》です」とぼくはいった。ほかになにがいえただろう？

〈きみたちがイェルクと戦《たたか》うのを、手助けしてあげる方法《ほうほう》がひとつあるかもしれない〉

「なんですか？」レイチェルが熱意《ねつい》をこめてたずねた。

〈きみたちが子どもで、寄生者《きせいしゃ》と戦う力を持っていないことはわかっている。だがきみたちの役に立つかもしれない、ちょっとした力を授《さず》けることができると思う〉

トバイアスのほかは全員顔を見あわせた。トバイアスだけは異星人《いせいじん》の顔から一瞬《いっしゅん》たりとも目をはなさなかった。

〈きみたちが望《のぞ》むなら、これまでどんな人間も持ったことのない力を授けよう〉

「力？」いったいどういう意味だろう。

〈それはイェルクの持っていない、アンダリテの科学技術《かがくぎじゅつ》のひとつだ。その技術のおかげで、われわれは宇宙《うちゅう》のどこへ行っても気づかれずにいられる。モーフ、つまり変身《へんしん》する能力《のうりょく》だ。これまでわれわれ以外《いがい》にはあたえられたことのない力だ。が、このさいやむをえまい〉

「モーフですって？　どんなふうに？」レイチェルが目を細くしてたずねた。

〈肉体を変化させるんだよ〉とアンダリテはいった。〈どんな種《しゅ》にでもなれる。どんな動物にでも〉

マルコがばかにしたような笑《わら》い声をあげた。「動物になるって？」マルコは、なんでもすなおにききいれるタイプの人間とはいえない。

〈ある生物にふれるだけで、そのDNA《ディーエヌエー》の型《かた》を自分のものにし、その生物になることができる。集中力と決断力《けつだんりょく》が必要《ひつよう》だが、しっかりしていればだいじょうぶだ。それから……制約《せいやく》はある。問題も、危険《きけん》さえもある。だが、それらをみな説明《せつめい》している余裕《よゆう》はない……時間がないんだ。自分たちで学んでいかなければならない。しかしまず、きみたちはこの力を身につけたいと願《ねが》うかね？〉

「これって、ふざけてるんだよな？」とマルコがぼくにいった。

「ちがうよ」とトバイアスがおだやかにいった。「彼《かれ》はふざけてなんかいない」

「どうかしてる」とマルコ。「この話ぜんぶがどうかしてるよ。イェルクとか宇宙船《うちゅうせん》とか、ナメクジが人間の脳《のう》を乗っ取るとか、アンダリテとか動物に変身《へんしん》する力だとか。いいかげんにしてくれよ」

「ああ、たしかにふつうじゃありえない話だな」とぼくも同意した。

「ありえないなんてもんじゃないわ」とレイチェルがいった。「でも、みんなそろって夢《ゆめ》を見てるんじゃないかぎり、この現実《げんじつ》に向きあったほうがいいと思うけど」

「彼は死にかけているんだよ」トバイアスがぼくたちをせかした。

「わたしはやるわ」とキャシーがいった。ぼくはびっくりした。キャシーは日ごろ、それほ

ど決断《けつだん》が早いほうではないのだ。だがきっと、トバイアスとおなじように、キャシーもアンダリテのことばに真実《しんじつ》を感じとったのだと思う。

「どちらにするか、全員一致《いっち》で決めよう」とぼくはいった。

「あれはなに？」レイチェルが星空を見あげていった。はるかかなたの空を、明るい赤い光の小さな点がふたつ、横ぎった。

〈イェルクだ〉アンダリテのことばが頭のなかできこえ、ぼくたちはそこに激《はげ》しい敵意《てきい》を感じとった。

第四章

〈イェルクだ！〉

ふたつの赤い光は速度を落とし、円を描《えが》くように向きを変《か》えるとこちらのほうにもどってきた。

〈もう時間がない。決めるんだ！〉

「やらなくちゃ」とトバイアスはいった。「ほかに、どうやってその寄生者《きせいしゃ》と戦《たたか》えると思う？」

「いかれてる！」とマルコがいった。「こんなの、いかれてるよ」

「もっとゆっくり考えたいけど、でもその余裕《よゆう》はないのよね」とレイチェルがいった。「わたしは賛成《さんせい》」

「どうするの、ジェイク？」とキャシーがぼくにたずねた。思いがけないことだった。まるでいきなり、ぼくがみんなのかわりに決断《けつだん》しなければならなくなったみたいじゃないか？イェルクの宇宙船《うちゅうせん》を見あげた。アンダリテはなんと呼《よ》んでいたっけ？　バグ・ファイター？

その二機《き》は、犬が獲物《えもの》のにおいをたどるように、旋回《せんかい》しながら近づいてきていた。ぼくはアンダリテを見おろし、その家族の写真を思い出した。このアンダリテの身になにが起きたか、家族が知ることはあるのだろうか？

ぼくはまわりにいるひとりひとりを見た。いつも愉快《ゆかい》だけど、ときにはイライラさせられる親友のマルコ、頭がよくて美人で度胸《どきょう》のすわったいとこのレイチェル、そして人間よりも動物のほうが好《す》きなことで有名なキャシー。

おしまいにトバイアスを見た。見つめながら、ぼくは奇妙《きみょう》な感覚《かんかく》をおぼえた。なんだか寒けのような感じだった。

「やらなくちゃ」とトバイアスはぼくにいった。

ぼくはゆっくりうなずいた。「うん。そうするしかないだろうな」

〈それではみんな、箱に片手《かたて》を押《お》しあてて〉

ぼくたちはそのことばにしたがった。五つの手が、箱のそれぞれの面に押しあてられた。

それから六つ目の手——指の数が多くてぼくたちのとはちがっている手がつづいた。

〈こわがらないで〉とアンダリテはいった。

衝撃《しょうげき》のようなものが体のなかを走りぬけた。気持ちのいいぴりぴりする感じで、思わず笑《わら》いだしそうになった。

〈さあ、もう行っていい〉とアンダリテがいった。〈ただこれだけはおぼえておきなさい。地球時間で二時間以上《いじょう》、動物のすがたのままでいてはいけない。ぜったいに！　モーフでいちばん危険《きけん》なことはそれなんだ。もしも二時間以上そのままでいたら、閉《と》じこめられてしまって、人間のすがたにもどれなくなる〉

「二時間だね」とぼくはくりかえした。

そのときふいに、アンダリテの頭のなかに新たな恐怖《きょうふ》が押《お》しよせた。アンダリテにつながっていたぼくには、それが自分の背《せ》すじを這《は》いあがる恐怖のように感じられた。アンダリテは空を見あげていた。バグ・ファイターのほかに、なにかべつのものが浮《う》かんでいる。

〈ヴィセル・スリーだ！　やつがやってきた〉

「えっ？」ぼくは新たな恐怖にふるえながらいった。「ヴィセルって？　ヴィセルってなにものなの？」

〈行きなさい。逃《に》げるんだ！　ヴィセル・スリーがやってきた。あいつは、きみたちの敵《てき》のなかでもいちばん手ごわい相手だ。おおぜいのイェルクのなかで、あいつだけがモーフする力を持っている。きみたちとおなじ力だ。さあ逃《に》げて！〉

「いいえ、あなたといっしょに残《のこ》るわ」レイチェルがきっぱりといった。「手助けできるかもしれないし」

異星人《いせいじん》はまた、目でほほえみかけたようだった。〈だめだ。きみたちは生きのびなければ。生きのびて、自分たちの星を救《すく》うんだ！　もうイェルクが来ている〉

ぼくらは空をあおぎ見た。たしかに、ふたつの赤い点はこちらに向かって下りてきていた。さらに三機目《き》が加わっている。ずっと大きく、闇《やみ》のなかの闇のようにまっ黒だった。

「でも、いったいどうやって戦《たたか》えばいいんですか、その……その寄生者《きせいしゃ》たちと？」レイチェルが必死《ひっし》にたずねた。

〈それは自分たちで考えなければならない。さあ、逃げなさい！〉

その命令《めいれい》の力づよさに、体がびくりと動いた。「そのとおりだ。逃げろ！」とぼくは叫《さけ》んだ。

ぼくたちは走りだした。トバイアスをのぞいては。トバイアスはアンダリテのそばにひざまずいてその手を取った。アンダリテがもういっぽうの手をトバイアスの頭に押《お》しあてた。トバイアスの体が、感電でもしたかのようにぐらりとうしろに揺《ゆ》れた。それからトバイアスも立ちあがって走りはじめた。工事現場《こうじげんば》の穴《あな》や、散《ち》らかったがれきにつまずきながら。

まぶしい赤い光線がぱっとひらめいた。バグ・ファイターの一機《き》からはなたれたスポットライトだった。光線は、倒《たお》れているアンダリテとその宇宙船《うちゅうせん》を照《て》らしだした。二機《き》目のバグ・ファイターからのスポットライトが加《くわ》わり、アンダリテはスターのように華々《はなばな》しく輝《かがや》いた。

ぼくは必死《ひっし》で地面にふせた。片足《かたあし》がスポットライトの輪《わ》のなかに照らしだされているのに気づいた。足を引きよせ、とがった石でひじやひざをこすりながら、すばやく這《は》って進んだ。

ぼくたち五人はくずれかけた低《ひく》い壁《かべ》のうしろにうずくまった。動くのがこわく、見るのもこわく、でも見ないでいるのもおなじようにこわかった。

ゆっくりとバグ・ファイターが降下《こうか》してきた。その呼《よ》び名がどこからきたのかはかんたんにわかった。アンダリテの宇宙船《うちゅうせん》よりいくらか大きいその戦闘機《せんとうき》は、足のないゴキブリのようなかたちをしていた。まえに突《つ》きだした虫《バグ》の頭のような機首《きしゅ》に、目のような小窓《こまど》がついている。そして頭の両わきにはそれぞれ、とても長く、とても鋭《するど》い、ギザギザの槍《やり》のようなものがついていた。

イェルクのバグ・ファイターは、アンダリテの宇宙船の両側《りょうがわ》に着陸《ちゃくりく》した。

「いいよ、もう起こしてくれて」とマルコがふるえる声でささやいた。「こんな夢《ゆめ》はもうた

くさんだ」

大きいほうの宇宙船《うちゅうせん》も下りてきた。その機体《きたい》にどう関係《かんけい》があるのかわからないが、それが近づいてくるにしたがってぼくは息が苦しくなりはじめた。肺《はい》いっぱいに深く空気を吸《す》いこもうとしたが、できなかった。つばを飲みこもうとしてもだめだった。走りだしたかったが、足はがくがくだった。それまで味わったことのないような強烈《きょうれつ》な恐怖《きょうふ》に体がふるえていた。それはヴィセル・スリーがやってくるのに気づいたときの、アンダリテの恐怖とおなじものだった。

宇宙船は着陸《ちゃくりく》しようとしていた。置《お》きっぱなしのさびついた大きなブルドーザーの真上に下りるかに見えた。が、ヴィセル・スリーのその宇宙船が下りてくると、ブルドーザーはジュッという音をたてて消えてしまった。

ヴィセル・スリーの宇宙船は、大むかしの武器《ぶき》のようなつくりだった。むかしの騎士《きし》が敵《てき》の頭を切りおとすときに使ったという、戦斧《いくさおの》を思わせた。斧の柄《え》のような本体のまえに、大きな三角形の先端部《せんたんぶ》があった。その部分が司令室《しれいしつ》なのだろう。後部にはふたつの巨大《きょだい》な三日月刀《がたな》のようなつばさがついていて、バグ・ファイターの八倍か十倍くらい大きかった。

ブレード・シップは着陸した。扉《とびら》が開いた。

キャシーが悲鳴をあげかけた。ぼくはキャシーの口をふさいだ。

あたりの空気をうず巻《ま》かせ、突《つ》き刺《さ》し、切りすすむようにして、宇宙船《うちゅうせん》から連中《れんちゅう》がすばやく降《お》りてきた。歩く武器《ぶき》といったようすの生物だ。うしろにまがった二本の足で立ち、ひどく長い腕《うで》が二本ある。それぞれの腕には、手首とひじのところからまがった刀《かたな》のようなものが生えていた。刀はまがったひざからも生えていて、しっぽの先にもふたつついていた。足はまるでティラノサウルスだ。

　しかしなによりすごいのはその頭だった。ヘビのような首、ハヤブサのくちばしのような口、そしてひたいからは短剣《たんけん》のようなつのが三本、突《つ》きだしている。

〈ホルク・バジールの寄生者《きせいしゃ》だ〉

　頭のなかにふたたびアンダリテのことばがきこえてきて、ぼくはびくっとした。まえより弱々しく、せいいっぱいふりしぼっているような、遠くから叫《さけ》んでいるような声だった。

「きみらも……？」ぼくはたずねた。

　レイチェルがうなずいた。「ええ、きこえる」

〈ホルク・バジールは善良《ぜんりょう》な種族《しゅぞく》なのだ。見かけはおそろしいけれども〉とアンダリテはいった。〈だが彼《かれ》らはイェルクの奴隷《どれい》にされている。それぞれの頭にイェルクが宿《やど》っている。気の毒《どく》な連中だ〉

「気の毒ですって。たしかにね」とレイチェルが冷《ひ》ややかにいった。「まるで歩く殺人機械《さつじんきかい》

じゃないの。見てよ！」

しかし、ぼくたちの注意は、ブレード・シップから出てきたべつの生物に引きつけられた。ずるずると這《は》うように、体を揺《ゆ》らしながら降《お》りてくる。

〈タクソンの寄生者《きせいしゃ》だ〉とアンダリテがいった。これから対決《たいけつ》する相手にそなえられるように、ぎりぎりまでぼくたちに、できるかぎりのことを教えようとしているのだ。〈タクソンは邪悪《じゃあく》な連中《れんちゅう》だ〉

「ああ」とマルコがぼそりといった。「そいつはわかる気がする」

その生物は巨大《きょだい》なムカデのようで、人間の二倍ほどの大きさだった。胴《どう》まわりは太すぎて、抱《だ》きかかえようとしても腕《うで》が半分もとどかないだろう。そんなことをしたがる人がいるかどうかはべつとして。

何十本もの足が、体の下三分の二ほどをささえている。残《のこ》りの三分の一は直立していて、そこでは足は短くなり、ロブスターのはさみのような小さな手となって並《なら》んでいた。

気持ちの悪い管状《くだじょう》の体の先のほうに、ぐるりと四つの目がついている。ひとつひとつが、ぶよぶよした赤いフルーツゼリーの粒《つぶ》のようだった。そしてそのいちばん先に、真上に向かって突《つ》きだしているのは筒型《つつがた》の口で、何百もの小さな歯が輪《わ》になって並《なら》んでいた。

ホルク・バジールとタクソンはつぎつぎとブレード・シップから降りてきて、よく訓練《くんれん》された海兵隊員《かいへいたいいん》のようにあたり一帯《いったい》に散《ち》らばった。拳銃《けんじゅう》ほどのサイズの小さな武器《ぶき》らしきものを持って、アンダリテとその宇宙船《うちゅうせん》のまわりをぐるりと取りかこんだ。

そのときとつぜん、ホルク・バジールのひとりがぼくたちのほうへまっすぐに進んできた。跳《は》ねるように大きく一歩進んだだけで、ほとんどぼくたちを踏《ふ》みつけるところまで来た。

ぼくは地面にしがみついた。まるでそれが最後《さいご》の望《のぞ》みの綱《つな》であるかのように。穴《あな》を掘《ほ》れたらどんなにいいだろうと思った。ちらりとマルコの顔を見ると、目を大きく見開いていた。開いた口は、笑《わら》っているのかと思うほど歯がむきだしになっている。が、ぼくにはそれが心《しん》からこわがっているということがわかった。

第五章

ホルク・バジールは、銃《じゅう》かなにか知らないが手にした武器《ぶき》を暗がりに向けてきた。暗いもののかげを見通そうとして、ヘビのような首が左右にひょいひょいと動いた。

〈しずかに！〉とアンダリテがぼくたちに警告《けいこく》した。〈ホルク・バジールは暗いところではよく目が見えないが、耳はとてもいいんだ〉

ホルク・バジールはさらに近づいてきた。いまや、低《ひく》い壁《かべ》のすぐ向こう、二メートル足らずのところにまで来ていた。ぼくの心臓《しんぞう》の音もきこえているはずだ。それがなんの音だかわからないだけなのかも。ホルク・バジールは、すくみあがった五人の子どものがくがくふるえるひざや、かちかち鳴る歯の音になじみがなかったのかもしれない。息もたえだえになった子どものたてる音に。

そのとき、ぼくはまちがいなく死ぬことを覚悟《かくご》していた。あの危険《きけん》な手首とひじの刃《は》で、首を切りおとされるさまが頭に浮《う》かんだ。

もしもきみに、これまでこころの底《そこ》からおびえた経験《けいけん》がないなら、ひとつ教えてあげよう――それが人にたいへんな影響《えいきょう》をあたえるものだってことを。頭も体も支配《しはい》される。悲鳴《ひめい》をあげたくなって、走って逃《に》げたくなって、パンツにもらしそうになる。地面に身を投げだして、泣《な》き叫《さけ》びながら頼《たの》みたくなるのだ。お願《ねが》いだから、どうか、どうか、どうかぼくを殺《ころ》さないで！ と。

それにもしきみが自分は勇気《ゆうき》があると思っているとしても、そう断言《だんげん》するのはまだ早い。三秒きっかりで相手をコールスローみたいに切りきざむことのできる怪物《かいぶつ》に、ほんの一メートルかそこらの場所まで近づかれ、すくみあがるまで待ったほうがいい。

頭のなかでまたアンダリテの声がきこえた。〈勇気を出すのだ、わが友たちよ〉

するとなにかあたたかい――なんというのかうまく説明《せつめい》することばが見つからないが、とにかくただあたたかいものがぼくの全身に広がった。ちょうど幼《おさな》いころにおそろしい悪夢《あくむ》を見て、叫びながら目を覚《さ》ましたときのような感じだ。父さんか母さんがやってきて明かりをつけ、ベッドに腰《こし》をおろしてくれるとどんなに安心したか、きみにもおぼえがあるだろう？

ちょうどそんな感じだった。

もちろん、ぼくはまだおびえていた。ホルク・バジールはあいかわらずそこにいたのだから。その息づかいがきこえ、においすらかげるほどだった。それでも、恐怖《きょうふ》の発作《ほっさ》がおさまってくるのがわかった。力が、死にゆくアンダリテからあふれ出ているのが感じられた。アンダリテは自分の勇気《ゆうき》の一部をぼくたちに分けてくれているのだった。自分だっておびえていたにちがいないのに。

ホルク・バジールがはなれていった。なにかべつのものがブレード・シップから降《お》りてくるようだ。

ぶるぶるふるえ、歯をかちかち鳴らしながら、ぼくは低《ひく》い壁《かべ》の向こうが見えるくらいまで体を起こした。ホルク・バジールとタクソンは、いまやひとり残《のこ》らずブレード・シップのほうを向いていた。

「あいつらみんな気をつけをして立ってるぞ」とぼくは小声でいった。

「どうしてわかるんだよ?」とマルコがささやきかえした。「ゼリー目のムカデとか、地獄《じごく》から来た歩く野菜《やさい》切り器《き》とかが、気をつけをしてるかどうかなんて、だれにわかるんだよ?」

そのとき、そいつが登場した。

〈ヴィセル・スリーだ〉とアンダリテがいった。

ヴィセル・スリーはアンダリテだった。

というか、アンダリテの寄生者《きせいしゃ》だった。

「あれって……」とレイチェルがいった。「あれはアンダリテじゃないの？」

〈いちどだけ、あるイェルクがアンダリテの体を乗っ取ることに成功《せいこう》した〉とアンダリテがこたえた。〈アンダリテの寄生者はひとりだけで、それがヴィセル・スリーなのだ〉

ヴィセル・スリーは負傷《ふしょう》したアンダリテに向かって、自信《じしん》にあふれた足どりで歩いていった。あまりにもアンダリテに似《に》ていたので、一瞬《いっしゅん》見分けがつかないほどだった。おなじような口のない顔をして、おなじようにあちこちに動くつの先の目で、あらゆる方向のあらゆるものに注意を払《はら》っている。おなじように力づよい、でも優美《ゆうび》な四本足の体と、おなじように危険《きけん》そうなしっぽ。しかし見かけはアンダリテのようであっても、受ける感じはまったくちがっていた。いくら仮面《かめん》をかぶっていても、そのにせのやさしさの下に、ねじまがって下劣《げれつ》なものがあるのがわかってしまうような感じだった。

〈これは、これは〉とヴィセル・スリーがいった。

ヴィセルの思考《しこう》がきこえているのだと気づいたときには、あやうく心臓《しんぞう》がとまりそうになった。

「わたしたちが考えていることも、向こうにきこえるのかしら？」とキャシーがささやいた。

「もしそうなら絶体絶命《ぜったいぜつめい》ね。きこえるかどうかなんて考えるのもまずいでしょうね」とレイチェルがこたえた。

〈きみたちの考えていることはきこえない〉とアンダリテがいった。〈きかせようとしないかぎりはね。ヴィセルの考えがきみたちにきこえるのは、あいつが全員に向かって吹聴《ふいちょう》しているからだ。これはヴィセルにとっては偉大《いだい》なる勝利《しょうり》だから、すべてのものにきかせたいというわけだ〉

〈ここにいるのはなにものかな？　おせっかい焼《や》きのアンダリテか？〉ヴィセル・スリーは、アンダリテの宇宙船《うちゅうせん》をしげしげと見やった。〈おや、これはしかし、並《な》みのアンダリテ戦士《せんし》ではないぞ。エルファンゴル・シリニアル・シャムトゥル王子とお見受けした。お会いできて光栄《こうえい》だ。貴君《きくん》の話は語り草になっているよ。いったい、われわれの戦士《せんし》を何人ずたずたにしてくれたのかね？　戦闘《せんとう》が終わるまでに七人、それとも八人だったかな？〉

アンダリテはこたえなかったが、八人よりも多かったんじゃないかと思う。

〈宇宙のこの一帯《いったい》に残《のこ》った最後《さいご》のアンダリテか。ああ、貴君のドーム・シップは徹底的《てっていてき》に破《は》壊《かい》されてしまったようだな。完膚《かんぷ》なきまでにねえ。燃えながら、この小さな星の大気圏《たいきけん》に突《とつ》入《にゅう》するところを見せてもらったよ〉

〈ほかのものたちがやってくる〉とアンダリテの王子はいった。

ヴィセル・スリーは、アンダリテのほうへ一歩近づいた。〈ああ、だがそのときにはもう遅《おそ》い。この星はわたしのものになっているだろう。イェルク帝国《ていこく》に捧《ささ》げるわたしひとりの手柄《てがら》だ。われらが最高《さいこう》の勝利《しょうり》。そしてわたしはヴィセル・ワンとなるだろう〉

〈人間たちをどうしたいというんだ？〉とアンダリテは問いただした。〈おまえたちにはタクソンという協力者《きょうりょくしゃ》がいる。ホルク・バジールという奴隷《どれい》もいるし、ほかの星にも奴隷がいる。なぜこの星に住む人間を？〉

〈なぜなら連中《れんちゅう》は数がひじょうに多く、ひじょうに弱いのでね〉とヴィセルはあざけるようにいった。〈何十億《おく》もの肉体だ！　しかも連中はなにが起きているのか気づいてもいない。これだけの数の宿主《やどぬし》をもってすれば、われわれは宇宙《うちゅう》のすみずみにまで進出することができる。向かうところ敵《てき》なしだ！　何十億ものイェルク。イェルク・プール千個《こ》でも、とても養《やしな》いきれないほどの数だ。みとめることだ、アンダリテよ。貴君《きくん》は勇猛果敢《ゆうもうかかん》に戦《たたか》ったが、しかし敗《やぶ》れたのだ〉

ヴィセル・スリーはアンダリテのすぐそばまで歩みよった。アンダリテの恐怖《きょうふ》が感じられた。だがアンダリテはひるむかわりに、傷《きず》の痛《いた》みをこらえて立ちあがった。自分が死ぬことを知っていて、まっすぐ立ち、敵の顔を見すえて死にたいと思ったのだろう。

だが、ヴィセル・スリーの挑発《ちょうはつ》はまだ終わっていなかった。〈ひとつ約束《やくそく》しようではない

か、エルファンゴル王子よ。われわれがこの星を征服《せいふく》し、豊《ゆた》かな収穫《しゅうかく》を得《え》たあかつきには、アンダリテの故郷《こきょう》へと向かうつもりだとな。わたしはみずから、貴君《きくん》の家族をさがしだすつもりだ。そして、もっとも忠実《ちゅうじつ》な部下《ぶか》に寄生《きせい》させよう。抵抗《ていこう》してくれることを願《ねが》うよ。そうなれば、そのこころが泣《な》き叫《さけ》ぶのがきけるからな〉

アンダリテの体がびくりと動いた。

しっぽがぴしゃりと跳《は》ねあがった。目にもとまらない速さだった。ヴィセルが頭をよじった。刃《は》のようなアンダリテのしっぽは、ほんの一センチの差《さ》でヴィセルの頭をそれ、肩口《かたぐち》に切りこんだ。血が――あるいは血のようなものが、傷口《きずぐち》からほとばしった。

「いいぞ！」とぼくはやじった。

〈アアアアグググウ！〉苦痛《くつう》に満《み》ちたヴィセルの叫び声が頭のなかにひびいた。

それと同時にひとすじのまぶしい光線が、アンダリテの宇宙船《うちゅうせん》の尾部《びぶ》から発射《はっしゃ》された。光線はいちばん近くのバグ・ファイターに切りつけ、ホルク・バジールとタクソンはちりぢりに逃《に》げた。

壁《かべ》のうしろにしゃがんでいても、ものすごい熱《ねつ》が伝《つた》わってきた。バグ・ファイターはジュッという音をたてると、消えてしまった。

〈撃《う》て！〉とヴィセル・スリーがわめいた。〈こやつの宇宙船を燃《も》やしてしまえ！〉

闇夜《やみよ》に、目もくらむような光が炸裂《さくれつ》した。ブレード・シップと残《のこ》ったバグ・ファイターから、赤い光線が吹《ふ》きだした。アンダリテの宇宙船《うちゅうせん》は赤く輝《かがや》き、それから奇妙《きみょう》にゆっくりとくずれさった。

そのとき、ドラコン・ビームの赤い閃光《せんこう》のなかに見えたのは——あるいは見えたと思ったのは、人間のすがただった。三人か四人ほどの小さな一団《いちだん》が、ヴィセルの背後《はいご》の暗がりにいるように見えたのだ。

「向こうに人がいる」とぼくはマルコにいった。

「なんだって？　捕虜《ほりょ》か？」

〈アンダリテを捕《と》らえよ〉とヴィセル・スリーが手下に命じた。〈取りおさえるのだ〉

三人の大きなホルク・バジールがアンダリテをつかまえて、その体を押《お》さえこんだ。手首の刃《は》はアンダリテののどもとにあてられていたが、連中《れんちゅう》もアンダリテを殺《ころ》すほどばかではなかった。

その役目は、ヴィセル・スリーにあたえられるべき名誉《めいよ》なのだ。

そのときはじめて、ヴィセル・スリーのような権力者《けんりょくしゃ》がなぜ、ただの捕虜にすぎないアンダリテの体に寄生《きせい》していたのかがわかった。ぼくたちが見守るなか、ヴィセル・スリーはモーフをはじめたのだ。

アンダリテだった頭はみるみるふくれていき、はるかに大きなものになった。馬のような四本の足はだんだんに二本へと変《か》わり、それからふくらんで、それぞれがセコイア杉《すぎ》ほどの太さになった。ほっそりしたアンダリテの腕《うで》は、きゅうに伸《の》びて触手《しょくしゅ》に変わった。

「こんなの、現実《げんじつ》じゃないわ」とキャシーがささやいた。「こんなこと、ありえない」

おそろしく大きくふくらんだ頭に、口があらわれた。人間の腕ほどの長さの歯が並《なら》んでいる。口はどんどん広がっていき、ぞっとするような大きな笑《わら》いを浮《う》かべた。

アンダリテのすがたはどこにも残《のこ》っていなかった。かわりにいるのは怪物《かいぶつ》だった。

〈ルアアアウウウグググ！〉ヴィセル・スリーが変身《へんしん》したけだものの吠《ほ》え声が、地面を揺《ゆ》るがした。

ぼくは両手で耳をふさいだ。

〈ルアアアアグググ！〉

その震動《しんどう》で歯がかちかち鳴った。だれかがべそをかいている。それはぼくだった。ヴィセル・スリーが変身したその怪物にくらべると、ホルク・バジールやタクソンは無邪気《むじゃき》なおもちゃみたいに見えた。怪物は太い触手の一本を伸ばし、アンダリテの首をつかんだ。

「やめて、やめて」キャシーがくりかえしささやくのがきこえた。「やめて、やめて」

「見ちゃだめよ」とレイチェルがいって、キャシーの肩《かた》に腕をまわし、そばに引きよせた。

それからトバイアスにも手をさしのべて、その手をにぎった。人はおびえたときにはじめてそのほんとうのすがたがわかるんじゃないかと思う。自分も死ぬほどおびえて頬《ほお》に涙《なみだ》が伝《つた》っているというのに、レイチェルは他人に分けるだけの勇気《ゆうき》を持ちあわせていたのだ。

ヴィセル・スリーは、アンダリテの体をホルク・バジールからもぎとり、まっすぐに持ちあげた。アンダリテの王子は何度もしっぽで打ちかかった。が、あのような怪物《かいぶつ》にとっては、どれも針《はり》で刺《さ》される程度《ていど》のものでしかないようだった。

ヴィセル・スリーはアンダリテを宙《ちゅう》高くかかげた。

そうして口を大きく開いた。

第六章

そのとき襲《おそ》ってきた感情《かんじょう》がなんだったのか、ぼくにはわからない。ぼくはひどくおそれ、おびえきっていた。それなのにまるで頭のなかでなにかが弾《はじ》けたみたいになって、ただ隠《かく》れて見ているだけなのがたまらなくなったのだ。がまんができなかった。

「この野郎《やろう》――」

ぼくはぱっと立ちあがり、地面からひったくるようにしてさびた鉄パイプを拾うと、壁《かべ》を乗りこえようとした。

きっと、頭がおかしくなってたんだろう。そうとしか思えない。鉄パイプを持ったところで、ぼくにできることなんてなにもないのだから。

〈だめだ！〉

アンダリテの無言《むごん》の叫《さけ》びに、ぼくは一瞬《いっしゅん》動きをとめた。マルコにシャツをつかまれ、引きもどされるのがわかった。トバイアスとマルコがぼくを押《お》さえ、レイチェルがぼくの口を手でふさいだ。ぼくは大声をあげるか悪態《あくたい》をつくか、とにかくなにかしようとしていた。

「だまれよ、このばか!」マルコが小声でなじった。「みんなが殺《ころ》されるだけだぞ」

「ジェイク、やめてちょうだい」キャシーもぼくの頬《ほお》に手を置いていった。「アンダリテは自分のためにあなたが死んでも、よろこばないわ。わからない？　わたしたちのために死のうとしているのよ」

ぼくは腹《はら》を立ててマルコとトバイアスを押しのけたが、落ちつきは取りもどしていた。ふたたび壁《かべ》の向こうをのぞくと、アンダリテの王子がなすすべもなくヴィセル・スリーの手につかまれ、宙《ちゅう》高く持ちあげられているのが見えた。ヴィセル・スリーが、みにくい、大きく裂《さ》けた口を開いている。

アンダリテがその口のなかへ落ちてゆくのが見えた。

口が閉《と》じた。歯がアンダリテの体を引き裂《さ》いた。そうしてアンダリテの王子、エルファンゴル・シリニアル・シャムトゥルは死んだ。

最期《さいご》の瞬間に王子は叫《さけ》び声をあげた。絶望《ぜつぼう》の叫びが、ぼくたちの頭のなかにひびいた。あの叫びはいつまでも消えないだろう。

ホルク・バジールたちが、息を吹《ふ》くようなフッ、フッ、フッという音をたてはじめた。笑《わら》っていたのか、あるいは賞賛《しょうさん》の声をあげていたのだと思う。タクソンたちは競《きそ》って進みでると、ヴィセル・スリーのまわりに群《むら》がった。まるでヴィセルに向かって背伸《せの》びをしているように見えた。やがてそのわけがわかった。アンダリテの体の一部がヴィセルの口からこぼれ落ちると、いちばん近くにいたタクソンが、それをがつがつとむさぼり食ったのだ。

トバイアスは両手で顔をおおって背を向けた。キャシーの目からは涙《なみだ》があふれていた。ぼくもおなじだった。

そのとき奇妙《きみょう》な音がきこえた。あまりにもふつうの音だったから奇妙に感じたのだが、それは笑い声だった。人間の笑い声だ。その人間たち、というか人間の寄生者《きせいしゃ》たち――そう、それが連中《れんちゅう》の正体なんだ――はまるで見世物《みせもの》でも見ているかのように笑っていた。一瞬《いっしゅん》、そのなかのひとつの声にどこかききおぼえがあるような気がした。だが、笑い声はすぐにホルク・バジールのフッフッという声に飲みこまれてしまった。

ヴィセル・スリーがそのおそろしいすがたから、ゆっくりとアンダリテのすがたにもどっていく。〈ああ、モーフするなら、アンテリアン・ボグになるにかぎるな……敵《てき》どもをひとのみだ〉ヴィセルがそう考えるのがきこえた。

人間の寄生者たちがふたたび笑い、ホルク・バジールの寄生者たちが息を吹き、そこでぼくはまた、どこできいたのか思い出せないけれどききおぼえのある声をきいた。

マルコがもどしはじめた。むりもないことだったが、とにかくその音はいちばん近くにいたホルク・バジールの注意を引いてしまった。

ヘビのような頭がふりむいた。じっと耳をすましている。

ぼくたちも凍《こお》りついたようにじっとしていた。

ホルク・バジールがこちらに向きなおった。近視《きんし》の目が、ぼくらの隠《かく》れている場所にまっすぐに向けられている。

最初《さいしょ》におそろしさのあまり、われを忘《わす》れたのがだれだったのかはわからない。ぼくだったかもしれない。それまでの恐怖《きょうふ》と戦慄《せんりつ》が限界《げんかい》を越《こ》えたのかもしれない。まるで全員のあいだに電気ショックが走ったみたいだった。自分がなにをしているのかさえわからないうちに、ぼくらはかけだしていた。

ぼくは走った。息が切れた。

ホルク・バジールが叫《さけ》び声をあげた。

「ばらばらに分かれよう」ぼくは大声でいった。「やつらも全員を追いかけることはできない」

マルコとトバイアスとキャシーは、それぞれべつの方向へ走った。レイチェルはまだぼく

のすぐ横にいた。ちらりとふりかえると、ホルク・バジールがだれを追いかけたらいいのかわからずに、ためらっているのが見えた。

いちばん足が速いのはレイチェルとぼくだ。トバイアスはちょっと太めだし、マルコとキャシーは背《せ》が低いから、それほど速くは走れない。だから、追いかけるならぼくたちを追いかけてもらいたかった。

レイチェルもおなじことを考えたようだった。わずかに速度を落とすと、腕《うで》をふりまわしながら叫びはじめた。「さあさあ、こっちよ、この――」そして、まさかそんなことばを知っているとは思いもしなかったような単語《たんご》をいくつか口にした。

いちばん近くにいたふたりのホルク・バジールがさっとふりかえり、ぼくたちを追ってきた。「ガフラシュ！　ここだ！　ガフラシュ、フィット！　敵《てき》だ！　つかまえろ！」

恐怖にかられながらもぼくはおどろいた。異星語《いせいご》とぼくらのことばがまざっている。

「ガフラシュ、フィット、ナール！　つかまえる！　殺《ころ》す！」

ぼくは走った。ふいに足がなにかにぶつかって、地面にばったりと倒《たお》れた。息ができなくなった。ぼくは肺いっぱいに息を吸いこもうとした。レイチェルは走りつづけていた。ぼくが転んだのに気づかなかったのだ。

すぐわきにある土管《どかん》に、ひとすじの赤い光線があたった。土管はあとかたもなく消えた。

ふたりのホルク・バジールが、凶暴《きょうぼう》なカンガルーのように飛《と》び跳《は》ねながら追ってきている。

ぼくは立ちあがって走りだした。

レイチェルはぼくがいないのに気づいたようだった。立ちどまり、もどってこようとした。

「ばかはよせ！」ぼくは叫《さけ》んだ。「逃《に》げんだ！」

レイチェルは一瞬《いっしゅん》ためらったが、そうする以外《いがい》にどうしようもなかった。レイチェルは走りだした。

前方に暗い穴《あな》が見え、ぼくはそれに向かって全力で走った。

建物《たてもの》の戸口だ。なかは墓穴《はかあな》のようにまっ暗だった。それはほとんど完成《かんせい》している建物で、むきだしのコンクリートの壁《かべ》と散《ち》らかったがらくたがあるだけだったが、以前《いぜん》に来たことのある場所だとわかった。マルコといっしょにそのなかをあちこち歩きまわったことがある。廊下《ろうか》とそれに面した小さな部屋《へや》がいくつもあって、迷路《めいろ》のようなところだ。

マルコ！　レイチェル！　ふたりは逃げられただろうか？　キャシーとトバイアスは？

最初《さいしょ》の大きな部屋を小走りに抜《ぬ》けながら、ぼくは必死に思い出そうとしていた。廊下があるはずだ……どこかに。暗やみを手さぐりすると、壁にふれた。

カギ爪《づめ》のある足――大きな、なんでも引き裂《さ》きそうなカギ爪のある足がむきだしのコンクリートをこする音がきこえた。ガラスびんが床《ゆか》を転がってゆく。

ホルク・バジールが近くまで来ている！　こんな完全な暗やみでは、連中《れんちゅう》よりもすぐれた人間の視力《しりょく》もたいして役には立たない。だが、ぼくはその建物《たてもの》の構造《こうぞう》を知っていた。頭がちゃんと働いてくれさえすれば、道順《みちじゅん》はわかるはずだ。

手を伸《の》ばすとなにもない空間だった。戸口だ。よし！　廊下につづいている。くぐったとたん、背後《はいご》から明かりが追いかけてきた。だれかが懐中電灯《かいちゅうでんとう》を持ってきたらしい。

「エフヌド、命令、ファレイ、ニョト、フィット？　なんなりと」

「いや、やつらを捕《と》らえる必要《ひつよう》はない。見つけしだい、全員殺せ」

最初《さいしょ》の声はホルク・バジールで、二番目のは人間の声だった。変《へん》な感じがしたのは、その声にききおぼえがあるような気がしたからだ。ぼくは思い出そうとした。どこかできいたことのある声だ。どこで？　どこでだ？

「頭部だけは取っておけ」とその人間はホルク・バジールに命じた。「わたしのところへ持ってくれば身元がわかる」

ぼくは壁伝《かべづた》いにすばやく進んだ。

明かりは、ほんの数歩しかはなれていないところをついてくる。

必死に頭を働かせた。たしか細い通路がなかったっけ……？　あった、ここだ。できるだけ音をたてないようにしてそこへすべりこんだ。懐中電灯の明かりはほんの十センチの背後に迫《せま》っていた。

なにかやわらかいものが足にぶつかった。

「おい！」

人間だ！　男の人が、毛布《もうふ》にくるまって床《ゆか》に寝《ね》ころがっていたのだ。

「なんだ、出ていけよ。ここはおれの場所なんだ。それに盗《ぬす》むものなんかなにもないぞ」

危険《きけん》を知らせようとした。でも、ホルク・バジールの片割《かたわ》れがそこまで来ている！

懐中電灯《かいちゅうでんとう》の明かりがそのホームレスの男の顔を照《て》らしだして、男はフクロウのように目をぱちくりさせた。

すぐうしろにくぼんだ場所があって、ぼくはそこからあとずさった。

ホームレスの男が悲鳴をあげた。つかみあうような音がきこえた。

ひょっとしたら、男は逃《に》げられたかもしれない。そうだといいと思う。

だがたしかめるすべはなかった。ホルク・バジールのことで頭がいっぱいで、ひたすら走ったから。

走って、走って、走った。走りながら、これがぜんぶただの夢《ゆめ》だったらどんなにいいかとこころから願《ねが》った。

第七章

ぼくはどうにか家にたどり着いた。どうやってかはわからない。ホルク・バジールのすがたを見たあとのことはなにもおぼえていなかった。

どうせなら、あの晩《ばん》に起こったことがそっくり記《き》憶《おく》に残《のこ》っていなければいいのにと思う。ぜんぶ忘《わす》れてしまえるなら……

ぼくはほかのみんなにつぎつぎと電話をかけた。ふるえあがってはいたけれど全員が無《ぶ》事《じ》だった。レイチェルはぼくを置《お》き去りにしたことをあやまろうとしてばかりいて、マルコはこれはほんとに夢《ゆめ》じゃないのかと何度もたずねていた。

あの晩、ぼくは人生で最《さい》悪《あく》の夢を見たと思ったが、そうではなかった。新たに始まった現《げん》実《じつ》にくらべれば、あの悪《あく》夢《む》なんて冗《じょう》談《だん》のようなものでしかなかったのだ。

それでも翌日《よくじつ》の土曜日の朝には、あれはすべて悪夢《あくむ》だったのだと信《しん》じる気になりかけていた。ほんとうにあったこと、ほんとうの現実《げんじつ》だと思えるのは、目だけでほほえむアンダリテの笑《わら》いかただけだった。

母さんがぼくの部屋《へや》のドアをたたく音がして、目が覚《さ》めた。

「ジェイク、起きてる？」

いま起きたところだ。「うーん、起きてるよ」とぼくはうめくようにいった。

「お友だちのトバイアスが来てるわよ」

「トバイアスが？　いったいなんの用で？」

「ぼくだよ」トバイアスの声がした。「入ってもいい？」

「うん、どうぞ」ぼくはベッドの上に起きあがり、目をはっきり開こうとして何度かまばたきをした。ドアが開いた。トバイアスが母さんにお礼をいっているのがきこえた。

トバイアスは輝《かがや》いていた。べつに光をはなってるとかいう意味じゃなくて、ただ目が明るく輝き、顔には満面《まんめん》の笑《え》みを浮《う》かべ、元気いっぱいで、じっとしていられないみたいに弾《はず》んでいたんだ。

「やったよ」とトバイアスはいった。

ぼくは寝《ね》ぐせのついた髪《かみ》の毛を、指でとかしつけた。「なんの話だい？」

トバイアスがこたえたとき、ぼくはあくびをしていた。

「デュードになったんだ」

あくびがとまった。あごがガチんと音をたてて閉《と》じた。デュードというのは、トバイアスが飼《か》っているネコだ。「はあ？」

部屋《へや》のなかにスパイがいるかもしれないというように、あたりをちらりと見まわしてから、トバイアスはいった。「デュードになったのさ。アンダリテがいってたみたいに」

ぼくはだまったままトバイアスをながめた。

「ほんとにすごかったよ。痛《いた》くもなんともなかった。ぼく、デュードをなでながら、きのうの晩《ばん》のことを考えてたんだよ。で、思ったんだ、ためしてみたらどうかなって」歩きまわりながら指を鳴らし、熱意《ねつい》ではちきれそうになっているようすは、まるでトバイアスらしくなかった。

「どうやって始めたらいいのかもわからなかったよ。だからまず部屋にカギがかかっているのをたしかめた。運よく、おじさんはまだ寝《ね》てたんだ」

トバイアスのうちは、ぼくの知るなかでもっとも複雑《ふくざつ》な事情《じじょう》の家庭だった。お父さんはだれかわからず、お母さんも数年まえにトバイアスを置《お》いて出ていってしまったという話だ。それ以来《いらい》ずっと、この町に住むおじさんと、何千キロも遠くに住んでいるおばさんのあいだを行ったりきたりさせられている。おじさんとおばさんは仲が悪くて、ふたりにとっては、トバイアスはまるでじゃまな荷物《にもつ》みたいなものらしい。ふたりとも、トバイアスのことはどうでもいいみたいな感じだった。

「それでともかく、ベッドに座《すわ》って気持ちを集中したんだ。デュードになるんだって考えて。それから自分の手を見おろした」トバイアスはにやりと笑《わら》ってぼくを見た。「そしたらなにが見えたと思う、ジェイク？」

ぼくはゆっくりと首をふった。「さあ」

「毛が生えてたんだよ。それに爪《つめ》も伸《の》びてた。ほんもののデュードを見せたかったな。狂《くる》ったみたいになっちゃってさ。変身《へんしん》しおえるまえに、外に出さなくちゃならなかった。ずいぶんみごとに引っかいてくれたよ」トバイアスは傷《きず》のできた指を口にくわえた。

ぼくはごくりとつばを飲みこんだ。そう、ここまでくると、これは確実《かくじつ》にどうかしている。

「ええと、トバイアス、それってぜんぶ夢《ゆめ》だったってことはない？」

「夢なんかじゃないよ」いつものまじめなトバイアスにもどって、満面《まんめん》の笑《え》みも消えた。

「ぜんぶほんとのことだよ、ジェイク。すっかりぜんぶ」

トバイアスの目がぼくの目と合った。ぼくにはトバイアスのいいたいことがわかった。トバイアスも、きのうのことはみんな悪夢《あくむ》だったと思いこもうとしたのだ。でも現実《げんじつ》だった。

ぼくは目をそらした。あれがすべて現実《げんじつ》だったと信《しん》じるのがいやだったのだ。ただの悪い夢《ゆめ》のひとつとして、頭のなかに安全にしまいこみたかった。悪夢《あくむ》は頭のなかだけのもので、そこから飛《と》びだして現実の生活《せいかつ》に入ってくるべきじゃない。

「ひたすら変身《へんしん》することに気持ちを集中させたよ。そうしたら、数分後にはもう……ぼくはぼくじゃなくなってたんだ」

トバイアスの目がじっとぼくを見つめた。「どんなものだか、想像《そうぞう》もつかないだろうな。ネコになるっていうのは……まるで……うまくことばにできないんだけど、まず、すごく力づよいんだ。バネみたいな力と、あの身のこなし！　ぼくがなにをしたと思う？　鏡台《きょうだい》の上に飛《と》びあがったんだよ。一メートルも宙《ちゅう》に舞《ま》いあがって、まるで羽毛《うもう》みたいに着地《ちゃくち》した。一メートルだよ！　ネコにとっては、どれほどの高さだと思う？　人間だったら、十メートルくらい飛《と》びあがるようなもんだよ」

そこでトバイアスはきゅうにしゃべるのをやめ、ぼくを見た。「信じてないんだね？」

「なあトバイアス、現実のことと、想像したり夢で見たりしたことの区別《くべつ》がつきにくいときってあるじゃないか」

「ぼくの頭がどうかしてると思ってるんだね」

ぼくはちょっと考えた。「どうなのかなあ。でも考えてもみろよ、飼《か》いネコに変身したっていうんだろう。ほんもののネコになったって。うん、たしかにぼくには、それってどうかしてるようにきこえるな」

トバイアスは考えぶかげにうなずき、ちらりと笑《え》みを浮《う》かべていった。「わかるよ、ジェイク。まだ、あれがほんとうだったと思いたくないんだね」

「なんだって？　それじゃぼくが、おまえはネコに変身《へんしん》できるって信《しん》じたいとでも思うのか？　ほかのこともさ。地球は人間の脳《のう》に寄生《きせい》するナメクジ野郎《やろう》に侵略《しんりゃく》されかけていて、みんな奴隷《どれい》にされるって？　そんな話を信じたいとでも……そんな……ああ、そうさ！　どれも信じたいわけないだろ」

「だったら、アンダリテのことはどうなの？」とトバイアスは落ちついた口調《くちょう》でいった。

ぼくはためらった。どうしてだかわからないが、アンダリテの存在《そんざい》をなかったものとして片《かた》づける気にはなれなかった。

トバイアスがぼくの腕《うで》に手を置《お》いた。「そこに立って」

「なんだよ？　なにをするつもりなんだ？」

「これが現実《げんじつ》なのかそうじゃないのか、決める手伝《てつだ》いをしてあげるよ」

「トバイアス……」

「とにかく見てて。大きな声を出したりなんかはしないでよ」

それでぼくは見ていた。

何秒かのあいだはなにも起こらなかった。トバイアスはじっとそこに立っていた。ちらりとその顔を見た。目が……目がいつもとちがっていた。瞳孔《どうこう》は完全な円ではなくなっていて、緑がかった反射光《はんしゃこう》がたしかに見えた。口もともふくらんで、わずかに突《つ》きだしていた。

トバイアスの体が縮《ちぢ》みはじめた。ぼくの見ているまえで、だんだん小さくなってゆく。シャツのえり首がゆるくなり、ズボンは足首のところでだぶつきはじめた。全身がしぼむのと同時に毛が——そう、毛だ！——手と首と顔に生えはじめた。デュードとおなじ、灰色と黒の縞毛《しまげ》だ。

ぼくは思わず、笑《わら》いだしたいという説明《せつめい》のつかない衝動《しょうどう》に襲《おそ》われた。トバイアスが縞もようのネコになろうとしている！　だが、いったん笑いはじめたら、そのままいつまでも笑いつづけ、とまらないだろうとわかっていた。

トバイアスはもう人間よりもネコに近くなっていた。頭のてっぺんにはとがった耳が生え、淡《あわ》いピンク色の鼻《はな》の下からはヒゲがぴんと突きだしている。四本足で立ち、洋服がボロ布《ぬの》みたいに半分たれさがっている。しっぽがぴくりと動いた。そう——しっぽだ。

のどがつまるか、心臓《しんぞう》が破裂《はれつ》するかして、その場で死んでしまうんじゃないかという気がした。つぎには、まだ眠《ねむ》っているのだろうかとも思った。

夢《ゆめ》だとしたら、きわめて説得力《せっとくりょく》のある夢だった。

自分の部屋で、灰色《はいいろ》と黒《くろ》の縞《しま》もようのネコをじっと見おろしているぼく。そのネコは、二分ばかりまえには友だちのトバイアスだったのだ。

第八章

「眠《ねむ》ってるんだよな。そうにきまってる」とぼくはつぶやいた。

〈きみは眠ってなんかいないよ〉

「トバイアスなのか？」ぼくは思わずネコにつめよった。

〈きこえるの？〉おどろいたような声がした。もっとも〝声がした〟といういいかたは正確《せいかく》ではなかったが。

「うん」ぼくは用心ぶかくこたえた。

〈こんなふうに、こころのなかの考えを伝《つた》えられるとは知らなかったよ。アンダリテみたいだ〉

「たぶん、ええと……モーフしたときにだけできるんじゃないかな」

ネコに向かってしゃべっている！　さっきはトバイアスの頭がどうかしてるなんて思ったくせに？

いまのはトバイアスにきこえたのだろうか。ぼくは考えを集中して頭のなかでいってみた

——トバイアス、きこえるか？

〈ああ、きこえるよ〉

「そのまえにぼくが考えてたことはきこえた？」とこんどは声に出してたずねた。

〈ううん。そういうしくみにはなってないんじゃないの。ぼくにきかせるためには、ぼくに向かって考えないとだめなんだと思う。ちょっと、これを見てよ〉

トバイアスはいきなりぱっと飛《と》びはねると、部屋《へや》のすみに置《お》いてあったサイン入りの野球ボールに、狙《ねら》いよろしくつかみかかった。一メートル以上《いじょう》は飛んだだろうか。

〈みごとなもんでしょ！　ねえ、ぼくが追いかけるから、ひもを引っぱってみて〉

「ひもを引っぱる？　どうして？」

〈だって楽しいんだもん！〉

机《つくえ》の引出しをさがすと、誕生日《たんじょうび》の贈《おく》りものについていたひもが見つかった。ぼくは部屋をきれいに片《かた》づけておくのが大好《だいす》きとはいえない。そのひもも二年まえの誕生日のものだった。

「これでどう？」トバイアスの鼻先から三十センチかそこらの床《ゆか》にひもを置き、ゆっくりと

引っぱった。トバイアスはぐっと身がまえて下半身をくねらせはじめた。と思ったら飛《と》びかかった！　ひもを踏《ふ》んで、鋭《するど》い歯でくわえ、ひっくりかえるとひもを引き裂《さ》きはじめた。まるでそれが、この世でただひとつ重要《じゅうよう》なことであるかのように。

ひもを引きもどそうとしたが、トバイアスはまた飛《と》びかかった。

〈よし！　つかまえたぞ！〉

「トバイアス、なにをやってるんだ？」

〈もっと速く引っぱって！　よし！　いいぞ！〉

「トバイアス、なにやってんだよ？」とぼくは声をはりあげた。「おまえ、ひもにじゃれてるんだぞ！」

きゅうに動きがとまった。しっぽがぴくりと動いた。トバイアスはネコらしい冷《ひ》ややかな目でぼくを見あげたが、そこにはたしかにとまどいの色が見えた。

〈ええと……よくわかんないや〉とトバイアスは白状《はくじょう》した。〈なんだか……ぼくはぼくなんだけど、デュードでもあるみたいな感じなんだ。ひもを追っかけたくて、しかも、生きたネズミがいたらいいのに！　とまで思うんだから。ネズミを追いかけまわせたら楽しいだろうな。そーっとあとを追って、心臓《しんぞう》の音や、引っかくような小さな足音をきくんだ。ここぞというときまで待って、宙《ちゅう》を舞《ま》って狙《ねら》い正しく襲《おそ》いかかる。爪《つめ》をこう伸《の》ばして……〉トバイア

スは爪《つめ》を広げて見せた。

「トバイアス、わかってきたぞ」とぼくはいった。ネコに話しかけるという考えにこんなにすぐに慣《な》れてしまうなんて、まったくおどろきだ。

〈えっ？　なにがわかってきたって？〉

「たぶんおまえはトバイアスだけじゃないんだ。ほんとにネコなんだよ。つまりネコとおなじ本能《ほんのう》を持ってるんだ。だからネコが好《す》きなことをやりたくなる」

〈うん。自分でもわかるよ。まるで、二匹《ひき》のべつべつの動物がひとつにとけあってるみたいなんだ。人間らしくも考えられるし、ネコみたいにも考えられる〉

「もとにもどったほうがいいんじゃないかな」とぼくはいった。

トバイアスは、ネコの首を上下させてうなずいた。ひどく不思議《ふしぎ》な見ものだった。考えこんだようすで人間のようにうなずいているネコなんて。

〈そうだね〉

人間のすがたにもどるようすも、ネコに変《か》わるのとおなじくらい奇妙《きみょう》だった。毛が消えてゆき、ところどころにピンク色の皮膚《ひふ》があらわれた。平らなネコの顔に鼻が盛《も》りあがり、しっぽはそうじ機《き》に吸《す》いこまれるヘビのように見えなくなった。

やがてそこにはトバイアスが立っていた。はずかしそうな顔をして、急いで洋服を着こんだ。「ちょっと練習すれば、ぼくたち、洋服を着たままのすがたにもどる方法《ほうほう》を見つけられるかもね」

「ぼくたち？」

トバイアスはまたいつものやさしげな笑《え》みを浮《う》かべた。「まだわからないの、ジェイク？ ぼくにできるってことは、きみにもできるんだよ」

ぼくは首をふった。「そんなことないと思うな」

するとトバイアスはきゅうに怒《おこ》りだした。ぼくの両肩《りょうかた》をつかんで、ゆさぶったのだ。「わからないのかい、ジェイク？ ぜんぶほんとのことなんだよ。なにからなにまで」

ぼくはトバイアスを押《お》しのけた。ききたくなかった。

それなのにトバイアスはあとをついてきた。「ジェイク。ぜんぶほんとなんだよ。アンダリテは理由があってぼくたちにこの力を授《さず》けてくれたんだ」

「そうかい」とぼくはぴしゃりといった。「だったらその力を使えよ」

「使うつもりさ。だけどきみが必要《ひつよう》なんだよ、ジェイク。だれよりもきみが」

「なんでぼくが？」

トバイアスは口ごもった。「まったくもう、わからない？ ぼくにもできることと、できないことがあるじゃないか。計画を立てたり、人になにかを命じたりはできない。リーダー

には向いてないんだよ。でもきみはリーダーだ」

ぼくはわざとぶしつけに笑《わら》った。「ぼくはリーダーなんかじゃない」

トバイアスはあのこまったような目でぼくを見つめた――いまでは思い出のなかでしか見ることのできない目だ。「いや、リーダーだよ、ジェイク。きみはぼくらのリーダーなんだ。みんなをひとつにまとめて、寄生者《きせいしゃ》を打ち負かすために働《はたら》けるのはきみなんだ。ぼくたちはじっさいの自分以上《いじょう》になれる力を持っている。ネコの忍《しの》び足とか、ワシの視力《しりょく》とか、犬の嗅《きゅう》覚《かく》とか……それに馬やチータの足の速さなんかも。どれも必要《ひつよう》な力なんだ。寄生者に屈《くっ》しないでいようと望《のぞ》むならね」

ほんとうの話でなければいいと思った。なにひとつ、ほんとうであってほしくはない。

でも、ほんとうだとわかっていた。

ぼくはゆっくりとうなずいた。すごくいやなことに賛成《さんせい》しかけているような気分だった。自分からすすんで歯医者に行くとか、あるいはもっとひどいことに。何千トンもの重量《じゅうりょう》が肩《かた》にのしかかってきたような感じだった。

つぎにしなければならないことはわかっていた。

「それじゃ、ホーマーをさがしてきたほうがいいだろうな」とぼくは不機嫌《ふきげん》にいった。

ホーマー。ぼくの飼《か》い犬だ。

第九章

痛《いた》くはなかった。つまりモーフのことだ。

完全にいかれたような気分になりながら、ぼくはしばらくホーマーをなでていた。「こんなにばかみたいなことって、したことないや」とトバイアスにいった。

「だめだよ、集中しなくちゃ。ぼくはそうしたよ。デュードのすがたを頭に思い描《えが》いたんだ、わかる？　デュードになることを考えたんだ」

「なるほど。すると、なんていうか、瞑想《めいそう》みたいにしなくちゃいけないわけだな」

「そのとおり。思い描かなくちゃ。望《のぞ》まないといけないんだ」

ふだんなら、トバイアスの頭がどうかしたんだと思うところだった。が、ついいましがた、ネコに変身《へんしん》するすがたを見たぼくとしては、トバイアスの頭がおかしいのなら自分もまたお

なじことになるとわかっていた。

ぼくはホーマーになることを考えた。毛をなでながら自分がホーマーになるところを思い描《えが》いた。そうしていると、ホーマーが奇妙《きみょう》なほどしずかになった。眠《ねむ》っているのに目だけが開いているみたいだった。

「デュードとおなじだ。このプロセスは、動物を催眠状態《さいみんじょうたい》におちいらせるんだと思う」とトバイアスが自分の考えをのべた。

「自分のご主人がおかしくなったと思ってこわがってるだけじゃないの」そういいながらも、ぼくはホーマーの毛をなで、一心に集中をつづけた。ホーマーもそのままじっと横になっていた。

「で、おつぎは?」とトバイアスにたずねた。

「そろそろホーマーを外に出したほうがいいね。きみが自分になるところを見たら、やたらと興奮《こうふん》するかもしれないから」

ホーマーが夢《ゆめ》うつつの状態《じょうたい》からもとにもどるのには十秒ほどかかった。でもそのあとはさっと飛《と》び起き、いつもの元気すぎるほどのホーマーにもどった。ぼくはホーマーを庭に出した。

部屋《へや》にもどると、トバイアスはしんぼうづよく座《すわ》ったまま、じっと待っていた。そして、

「やってみて」とぼくをうながした。「思うんだ。望《のぞ》むんだよ」

ぼくは深く息を吸《す》って目を閉《と》じた。頭のなかに描《えが》いたホーマーのすがたを呼《よ》びもどし、ホーマーになることを考えた。

目を開いた。「ワン、ワン」と笑《わら》いながらいった。「ぼくの場合はうまくいかなかったみたいだよ、トバイアス」

手の甲《こう》がかゆくなったので引っかいた。

「ジェイク？」

「なに？」

「自分の手を見てごらんよ」

ぼくは手を見た。オレンジ色の毛におおわれていた。

三十センチばかり飛《と》びあがった。「うわあ！　うわあ！」じっと手を見ていると、毛の伸《の》びがとまった。

「こわがらないで」とトバイアスに忠告《ちゅうこく》された。「自然《しぜん》にまかせるんだ。いまのでモーフがとまっちゃっただろう。集中しないとだめだよ」

「ぼくの手に！　毛が！」

「うん、それに耳も……」とトバイアスがいった。

ぼくは鏡台《きょうだい》のまえに走った。耳の位置《いち》が変《か》わっていた。頭の上のほうにせりあがって、大きさもふつうよりずっと大きかった。

「つづけて！　すごくいいよ」とトバイアスがいった。

「いいだって？　こりゃ……気持ち悪いよ。ぞっとするよ。これって……だってぼくの手を見てみろよ！　毛が生えてるんだぜ」

「こうしなくちゃいけないんだよ」とトバイアスがいった。

「しなくちゃいけないことなんかないよ」とぼくは不機嫌《ふきげん》にいった。

トバイアスはうなずいた。「わかったよ、いいだろう。しなくたってかまわない。ゆうべ見たことは忘《わす》れればいい。知ってることも忘れればいい。それで、イェルクがさらに多くの人々を乗っ取っていくあいだも、知らん顔をしてればいい。ぼくたちみんな、このまま大人《おとな》になっていけばいいんだ。人類《じんるい》が人殺《ひとごろ》しエイリアンに利用《りよう》される肉体でしかない世界でね」

しかたがない。そんなふうにいわれると、たしかにそんな世界に生きたいとは思えなかった。

「さあ」とトバイアスがせかした。

ぼくはごくりとつばを飲みこんだ。目をつぶる。ホーマーのことを、ホーマーになっている自分を考えた。

ふたたびかゆくなって、目を開けたときには両腕《りょううで》に毛が生えてくるところだった。それから顔からも生えてきて、えり首の下からも伸《の》びだしてきた。足がかゆくなり、そこからも毛が生えているのがわかった。

骨《ほね》については、なんていうか、べつに痛《いた》いわけじゃなかったけれど、でもとても奇妙《きみょう》な感じがした。歯医者に行くと麻酔《ますい》をしてくれるから、ドリルで削《けず》られてもじっさいに痛みは感じない。でも痛いはずだとわかるだろう？　ちょうどあんな感じだ。

骨が縮《ちぢ》み、背骨《せぼね》が伸《の》びていってしっぽになるのがわかった。ひざがきゅうに逆向《ぎゃくむ》きになって、こすれるような音がした。まっすぐに立てなくなって、ぼくはまえにつんのめった。

床《ゆか》についたとき、両手はもう〝手〟ではなくなっていた。指は消えていて、そこにあるのは短くてじょうぶな爪《つめ》だけだった。

顔が突《つ》きだして、両目がまんなかによっていた。

トバイアスが立ちあがり、ぼくに見えるように鏡《かがみ》をかたむけてくれた。

最後《さいご》に残《のこ》ったピンク色の皮膚《ひふ》の部分が消えて、モーフが完了《かんりょう》するところが見えた。そしてしっぽが——ぼくのしっぽだ——じゅうぶんな長さになった。

ぼくは犬だった。どうかしてるけど、でもそうだった。ぼくは犬だった。

そんなことになったらおびえそうなものだけれど、でもじっさいはちがっていた。ぼくはうっとりとして有頂天《うちょうてん》になり、わくわくしていた。しあわせな気分が押《お》しよせてきて全身にあふれた。

おかしなほど長い鼻で息を吸《す》いこむと、わあ！　こりゃすごい！　においがわかる。ちょっと想像《そうぞう》できないだろうな！　息を吸いこんだとたん、母さんが台所でワッフルを焼《や》いているのがわかった。さらに、トバイアスがどこかのオス犬のなわばりを歩いてきたこともわかった。ほかにも、人間のことばでは説明《せつめい》もできないようなことがいろいろわかった。まるで、これまでずっと目が見えていなかったのが、きゅうに見えるようになったかのようだった。

トバイアスのそばにかけよって、靴《くつ》のにおいをかいだ。その大きなオス犬がどんなやつなのか、もっとよく知りたかったからだ。トバイアスの靴についていたオシッコのにおいから、その犬の正体《しょうたい》がわかった。そうか、ホーマーの知っている犬だったんだな。飼《か》い主《ぬし》からはストリークと呼《よ》ばれている。ぼくとおなじで去勢《きょせい》されていて、たいがいは庭ですごしているけれど、ときどき垣根《かきね》の下を掘《ほ》って外へ逃《に》げだす。缶詰《かんづめ》と固形をまぜたドッグフードをもらっている。銘柄《めいがら》はピューリナだな。残《のこ》りものはもらわない。ぼくとはちがうな。

そういうことがわかると、ぼくはまたしあわせな気分になり、思わずしっぽをふった。トバイアスを見あげると、背《せ》が高くて見なれない感じで、色の見分けはつかなかった。ものを見ることにはたいして興味《きょうみ》をそそられなかった。においをかぐほうがずっといい。

侵入者《しんにゅうしゃ》だ！

庭で音がした。犬だ！　知らない犬がぼくの庭にいる。侵入者だ！

窓《まど》へかけよると、窓わくに飛《と》びのって思いきり吠《ほ》えたてた。

「ウワン！　ワン、ワン！　ウウウワン！」

できるかぎり大きな声で吠えた。どこかの見知らぬ犬が、ぼくの庭を通りぬけるなんて、とんでもない話だ。

「ジェイク、しっかりしろよ」とトバイアスがいった。「あれはホーマーじゃないか」

ホーマー？　なんだって？　だってぼくが……

しっぽを後ろ足のあいだにはさんだ。いったいどうなっているんだ？

「ジェイク、よくきいて」とトバイアスがいった。「ちょうどぼくがネコに変身《へんしん》したときとおんなじだ。犬の脳《のう》がいま、きみの脳の一部になってるんだ。それを上手《じょうず》に扱《あつか》わないとだめなんだよ」

〈でも……ぼくの庭に犬がいるんだ〉

「あれはホーマーだよ、ジェイク。きみはジェイクだ。ホーマーのDNAから写しとった肉体のなかにいるだけなんだ。あそこにいるのがほんもののホーマーだよ。きみが外に出したんだよ。しっかりするんだ。きみはジェイク。ジェイクなんだ」

何度か深く息を吸《す》ってみた。においだ！　わあ、こいつはまたとっても――

しっかりしろ、ジェイク！　と自分に命じた。気持ちを集中するんだ！

ぼくはじょじょに、自分のなかの犬の部分を落ちつかせた。

においのことは忘《わす》れろ。庭にいる犬のたてる音も忘れるんだ。

はじめのうち、それはかんたんではなかった。犬であるというのはじつにすごいことだった。たとえば、そこには中間というものがなかった。〝けっこう楽しい〟なんてものはなく、〝楽しい！〟があるだけだ。ちょっと落胆《らくたん》するなんてこともなく、徹底的《てっていてき》に落胆する。おまけに、犬のすがたでいるときにおなかがすくと、なんともおどろくほど頭のなかが食べもののことでいっぱいになる。

ドアをノックする音がした。そう、ぼくの部屋《へや》のドアだ。自分がだれなのかわかってきた。ジェイクだ。四本足でしっぽと鼻づらもあるけど、でもジェイクだ。

ノックの音は、ぼくの犬の耳にはとてつもなく大きくきこえた。

「ジェイク、ホーマーを部屋に入れてるのか？」兄貴《あにき》のトムの声だった。「母さんが電話中なんだ、吠《ほ》えるのをやめさせ――」

トムがドアを開けて入ってきて、とまどったように部屋のなかを見まわした。

「おまえ、だれだ？」とトバイアスに詰問《きつもん》した。

「トバイアスです。ジェイクの友だちの」

「ふうん。ジェイクはどこにいる？」

「えっと……そのへんにいるはずなんだけど」とトバイアスはいった。

トムがぼくを見おろした。奇妙《きみょう》なにおいがしたが、犬の脳《のう》ではそれがなにかはわからなかった。こちらを不安にさせる、あぶないにおいだった。さらにどうしたわけか、ぼくの頭にある笑《わら》い声がひびきわたった。まえの晩《ばん》、ヴィセル・スリーがアンダリテを丸ごと飲みこむまえにきいた、あの人間の笑い声だった。

「悪い子だ」トムはぼくに向かっていった。「しずかにしろよ。ダメ犬め」そして出ていった。

ぼくは打ちひしがれた。ダメ犬なんかじゃない。ほんとはそうじゃない。ぼくの庭によその犬がいたから吠《ほ》えただけじゃないか。悪い子？　ダメ犬？　いやだ、いい犬になりたい。すっかりなさけなくなって、すごすご部屋《へや》の片《かた》すみに身を隠《かく》した。

トバイアスがしゃがんで、頭をなでてくれた。

それから耳のうしろをかいてもらうと、いくらかましな気分になった。

第十章

人間のすがたにモーフしおえると、ぼくはほかのみんなに電話をかけた。トバイアスは、あとからキャシーの農場《のうじょう》で合流するといって帰っていった。台所の電話でキャシーと話しているると、トムが入ってきた。

「なんだ、ここにいたのか」

ぼくは受話器《じゅわき》を押《お》さえた。「うん。トバイアスにきいたけど、ぼくをさがしてたんだって？」

「犬をだまらせてもらおうとしただけだよ」トムは椅子《いす》の向きを逆《ぎゃく》にしてまたがった。

ぼくはためらった。どういうわけか、トムのきいているところでキャシーと話したくなかったのだ。「二時間ほどしたら、そっちに行くよ、いい？」とだけいって電話を切った。

トムのすがたをしげしげとながめた。ぼくも小柄《こがら》なほうではないが、兄貴《あにき》はもっと大きい。ぼくの髪《かみ》の毛は茶色だけど、兄貴のは黒に近いこげ茶だった。

ぼくはずっと兄貴を信頼《しんらい》してきた。トムは、よくいる、弟にえらそうにする兄じゃないし、ぼくらはずっと仲がよかった。すくなくとも去年あたりまでは。そのころから、どうしてだか以前《いぜん》ほどいっしょにいることがなくなったのだ。ひとつには、トムがシェアリングという同好会《どうこうかい》に参加《さんか》しているからだった。その同好会はみんなでいろんな活動をするので、トムもしょっちゅう忙《いそが》しそうにしていた。

つまりぼくがいいたいのは、もしだれかにあのできごとを話すとしたら、まずトムにいちばんに話しただろうってことだ。それなのに、座《すわ》ってトーストをむしゃむしゃ食べているすがたを見ていると、こんな気がしてきたのだ――だめだ、これは秘密《ひみつ》にしておかなければならない、トムにもいえない、と。

かわりに、いいたくなかったべつの話をした。

「あのさ、ぼく……チームに入れなかったんだ」

「なんのチームだ？」とまどったように、トムはたずねた。

「なんのチーム？　バスケットボールだよ。兄さんがむかしいたチームさ」

「ああ。そいつは残念《ざんねん》だったな」とトムはいった。

「残念《ざんねん》だって？」ぼくはおうむがえしにいった。トムがそれほどまでに無関心《むかんしん》なのが信《しん》じられなかった。

「まあ、ただのスポーツだからな」トムはまたトーストにかぶりついた。

「ただのスポーツ？」思わずまたくりかえした。トムがスポーツを軽《かろ》んじる？　ありえなかった。スポーツが大好《だいす》きだったんだから。「ぼくには、兄さんのような総合的《そうごうてき》な力がないらしい」

トムは肩《かた》をすくめた。「そうか。いずれにしても、おれはチームをやめたよ。二、三日まえに」

ぼくは文字どおり、椅子《いす》から転げおちた。「やめた？　バスケをやめたってこと？　それなのにぼくになにもいわなかったの？　いったいどういうことさ？」

「おまえや父さんが大騒《おおさわ》ぎするとわかってたからだよ。いいか、ボールを投げてリングに通すよりも、もっと大切なことがあるんだ」トムの目に、なにかよくわからない表《ひょう》情《じょう》が浮《う》かんだ。もっと大切なことっていうのは、きっと女の子のことだ。

「それに、シェアリングの会ではもっとずっとおもしろいことをやってるし。おまえも入会したらどうだ」とトムはつけ足した。

すっかりびっくりしてしまった。どうやら兄貴《あにき》とぼくは、思っていたよりはるかに遠くはなれてしまっているようだった。

おしゃべりが終わると、ぼくは芝生《しばふ》を刈《か》りに外へ出た。毎週土曜日には芝生を刈る。ぼくが分担《ぶんたん》することになっているおもな役目だ。ゴミを出すのもそうだけれど、そっちは嫌《きら》いだった。リサイクルのための仕分けとかいろいろしなくちゃいけないからだ。

芝生を刈って、長さをととのえて、刈った芝をかき集めてしまうと、ようやく自転車に飛《と》び乗って出かけた。

みんなとはキャシーの農場《のうじょう》で会おうと約束《やくそく》していた。そこはむかしはふつうの農場だったが、いまではそうではなかった。まだ馬や牛はいたが、赤い屋根の大きな納屋《なや》はいまでは野生動物の保護《ほご》センターになっている。キャシーのお父さんがやっている病院で、ペット以外《いがい》の、けがをしたあらゆる種類《しゅるい》の動物を収容《しゅうよう》している。いつも鳥がたくさんいるし、リスやシカやスカンクなどもいる。山ネコとかキツネ、それにオオカミまでいることもある。

キャシーのお母さんも獣医《じゅうい》だが、お母さんはガーデンズに勤《つと》めている。ガーデンズというのは大きな遊園地で、動物園もある施設《しせつ》だ。動物園じゃなく、たしか野生動物パークと呼《よ》ばれているんだったかな。幸運なことに、キャシーは根っからの動物好《ず》きだ。そんな両親を持っていて、もしもあまり動物が好きでなかったらちょっとこまることだろう。

たとえばぼくは犬を飼《か》っている。トバイアスはネコだ。だけどキャシーのところには、ヤ

マアラシから北極《ほっきょく》グマまであらゆる動物がいるんだ。

ぼくが到着《とうちゃく》したときにはもう、マルコとトバイアス、それにレイチェルが納屋《なや》のおもてで待っていた。レイチェルは小麦色の肌《はだ》になろうとして太陽に顔を向けていた。キャシーはまだ来ていなかった。きっと家の手伝《てつだ》いをしているんだろう。農場《のうじょう》では、キャシーにも山のような仕事がある。

「やあ、みんな」とぼくはいった。

レイチェルが目を開けた。すぐに新聞を突《つ》きだし、「見て」とある記事を指さしながらいった。

ぼくはその記事を読みはじめた。そんなに長いものではなかった。警察《けいさつ》が、前日の夜に工《こう》事現場《じげんば》でちょっとした騒動《そうどう》があったと発表したという。空飛《そらと》ぶ円盤《えんばん》が着陸《ちゃくりく》し、まぶしい光が見えたといって、何件《なんけん》か通報《つうほう》があったそうだ。

「よかったじゃないか」とぼくは記事から目を上げていった。「すると警察はもう知ってるわけだ。だったら安心だ」

「先を読んで」とレイチェルがうながした。

記事にはさらに、現場に到着した警察が、ティーンエイジャーの一団《いちだん》が花火をして遊んでいたのを発見したと書いてあった。ティーンエイジャーたちは逃《に》げたあとで、現場には花火が残《のこ》っていたという。警察《けいさつ》の広報担当《こうほうたんとう》は、空飛《そらと》ぶ円盤《えんばん》の通報《つうほう》を笑《わら》いとばしていた。「そのようなものはもちろんありませんでした。ばかげた話をすぐに信《しん》じるようなことはつつしんでください」

「だけど、こんなのまったくのでたらめじゃないか」とぼくはいった。

「キン、コン、カン、コン！　正解《せいかい》です。正解者に賞品《しょうひん》をどうぞ」とマルコがいった。

「おしまいのところを読んだ？」とレイチェルがきいた。

最後《さいご》の一文を読んだぼくは、正直《しょうじき》な話、ぎょっとして凍《こお》りついたようになった。そのティーンエイジャーたちに関《かん》する情報《じょうほう》を提供《ていきょう》した人には、警察が賞金を出すと書いてあったのだ。

「警察はぼくらをさがしてるんだよ」とマルコはいった。

「どうして警察が……それに、どうしてうそをつくんだろう？」ぼくは思わず声に出していった。が、こたえはすでに明らかだった。

マルコがいつものように冷《ひ》ややかに笑った。「そうですねえ、優秀《ゆうしゅう》なるキャプテン。それは警官たちが寄生者《きせいしゃ》だからじゃないでしょうか？」

「全員じゃないだろうけど」とトバイアスがいった。

「警察官が乗っ取られているとなると、ほかにもどれだけの人たちがそうなっているのか、わからないわね」とレイチェルがいった。「学校の先生とか？　政治家《せいじか》も？　新聞やテレビ

もかしら？」

「数学の先生はまちがいないな」とマルコが冗談《じょうだん》をいった。

いまも寄生者《きせいしゃ》たちに取りかこまれているのではないかというように、ぼくたちはびくびくとあたりを見まわした。

「わたし、これはみんな夢《ゆめ》なんだって自分に言い聞かそうとしたんだけど」とレイチェルがいった。

「よくわかるよ」とぼくはいった。

しばらくのあいだ、だれもなにもいわなかった。全員がおなじ悲惨《ひさん》な気分を感じていた。だれひとりあてにできないという気分。とつぜん、はるかに自分たちの手にある、とんでもない事態《じたい》をなんとかしなければならなくなったという気分だった。

最初《さいしょ》に口を開いたのはマルコだった。「なあ、どうしてぼくらがこんなことにかかわらなきゃならないんだ？　忘《わす》れちゃおうぜ。もうこの件《けん》についてはもう話さない。モーフとやらもしない。自分たちの人生をちゃんと送ることにしてさ」

トバイアスとレイチェルがぼくを見た。ぼくがマルコになにかいうのを待っている。

「マルコ、たしかにそうは思うけど――」とぼくはいいかけた。

マルコはいきなり激《げき》して叫《さけ》んだ。「殺《ころ》されるかもしれないんだぞ！　わかんないのか？

アンダリテがどうなったか見ただろう。なまやさしい話じゃないんだぞ、ジェイク。これは現実《げんじつ》の話なんだよ、現実の！　ぼくら全員が殺されるかもしれないんだ」

　トバイアスが横目でマルコを見た。臆病《おくびょう》なやつだと思ってるみたいな目つきだった。でもぼくは、それには理由があるのを知っていた。

　マルコは首をふり、冷静《れいせい》な口調《くちょう》になっていった。「そりゃ、ぼくだって、あの寄生者《きせいしゃ》どもは卑劣《ひれつ》な連中《れんちゅう》だと思うよ。だけどもしぼくの身になにか起こったら、父さんが……父さんはきっとどうしていいかわからないだろう」

　マルコのお母さんは二年まえに亡《な》くなった。おぼれたのだ。遺体《いたい》すら発見されなかった。マルコのお父さんはショックを受け、すっかり打ちのめされてしまった。人づきあいができなくなって、エンジニアの仕事もやめた。いまは夜警《やけい》の仕事をして、なんとかマルコを養《やしな》っている。昼間は眠《ねむ》っているか、音を消したテレビを見てすごしていた。

「卑怯《ひきょう》ものだと思いたければ思えよ」とマルコはいった。「べつにかまわないからさ。だけど、もしぼくが殺されたりなんかしたら、父さんはたちまち死んじゃうだろう。ぼくがいるから、どうにか生きてるのに」

　マルコの背中《せなか》をたたくとかなにかしようかと迷《まよ》った。が、そんなことをすればマルコは、いかにもマルコらしく、なにか皮肉《ひにく》めいたことをいうだけだろう。

がいった。
「キャシーだわ」手を目の上にかざし、広々とした野原の向こうを見やりながらレイチェル

一頭の馬が、黒いたてがみをあたたかなそよ風になびかせながら、草原を全速力で走ってくる。乗り手のすがたは見あたらなかった。

馬は速度を落とすと早足で近よってきた。ふいに不思議《ふしぎ》な感じがした。

「キャシーとわたしはさっき、先にここへ来てたのよ」と説明《せつめい》するようにレイチェルがいった。「キャシーはすごく上手《じょうず》だわ。すごく速くできるんだから」

馬が軽くいないないた。それからそのすがたが変《か》わりはじめた。大きな茶色の目はいくらか小さくなり、長い鼻づらが人間の顔になった。

マルコは腰《こし》をぬかして、しりもちをついた。モーフを見たことがなかったのだ。

「平気だよ」ぼくはいかにも余裕《よゆう》ありげにいった。「これはキャシーだ」

ここはひとつ、紳士《しんし》らしく目をそらしたほうがいいだろうと思った。なにしろトバイアスとぼくが変身《へんしん》したときには、もとにもどったら洋服が脱《ぬ》げていたのだ。が、馬からキャシーのすがたがあらわれてきたとき、キャシーが体にぴったりした青いウェアを着ているのに気づいた。エアロビクスをするときに女の子たちが着るようなやつだ。

見つめていると、美しいことが起こった。二、三秒のあいだキャシーは、半分は馬で半分

は人間というすがたのままでじっとしていた。アンダリテを思い出させるすがただった。ぼくは、キャシーがわざわざそうしているのに気づいた。モーフのしかたを調節《ちょうせつ》しているのだ。

「すごいな、レイチェル、きみのいうとおりだ。キャシーは上手《じょうず》だね」

そのとききゅうに、砂利《じゃり》をこするタイヤの音がきこえた。

ぼくらはぱっとふりかえった。砂利敷《じ》きの道を、一台の白黒の車がやってくる。

「警察《けいさつ》だ！」とトバイアスが叫《さけ》んだ。

第十一章

「キャシー、モーフするんだ。急いで！」とぼくはどなった。パトカーはどんどん近づいてくる。「半人半馬の説明《せつめい》なんてしたくないからさ」

「どっちにモーフしたらいいの？」とキャシーが悲しげな声で叫《さけ》んだ。「馬、それとも人間？」そして後ろ足で立ちあがりかけた。

ぼくにはなにが起きているのかがわかった。キャシーは、恐怖《きょうふ》にかられた馬の気持ちと戦《たたか》っているのだ。

「人間、人間だ！」とぼくはいった。「みんな、キャシーのまえに立つんだ！」

パトカーが砂利《じゃり》を蹴散《けち》らしながら、キーッという音をたててとまった。警官《けいかん》がひとり降《お》りてきた。

ぼくは警官《けいかん》に手をふった。

「おはよう。きみたち、ちょっと……なにか隠《かく》しているのかね？」

ふりむいて、キャシーがどんなすがたになっているのかたしかめたかった。が、そんなことをしなくてよかった。

「なにか隠してるって？」とぼくはおうむがえしにいった。

「わきへどきなさい、きみたち全員だ」と警官は命じた。

ぼくたちが動くと、キャシーのすがたがあらわれた。すっかり人間にもどっていた。

警官はとまどったようだったが、まあいいかというように肩《かた》をすくめた。

ぼくは安堵《あんど》のためいきをついた。

「なにかご用ですか？」とレイチェルがとっておきの〝頼《たよ》りになる〟口調《くちょう》でたずねた。

「ちょっと質問《しつもん》したいことがあるんだが」警官はそういいながら、まだキャシーを見ていた。なにかおかしなところがあるはずだと思っているみたいだった。「きのうの晩《ばん》、ショッピングモールの向こうの工事現場《こうじげんば》で、花火を打ちあげていた子どもたちをさがしているんだがね」

とたんにマルコがせきこみだした。

「あの子はぐあいでも悪いのかい？」と警官がたずねた。

「いいえ」とぼくはこたえた。「べつになんでもないんです」

「われわれはその子たちをさがしているんだ。どうしても見つけたい。いいかい、その子たちのしたことは危険《きけん》なことだ。だれかがけがをしたかもしれないだろう。だから見つけだそうとしているんだよ」

ふいにわかった。この警官《けいかん》も連中《れんちゅう》の仲間なんだ。寄生者《きせいしゃ》なんだ。ぼくは相手の顔を見つめた。ごくふつうに見えた。だがその頭のなかにいるのはべつの星から来た生物なのだ――邪悪《じゃあく》な、寄生ナメクジめ。どこといっておかしなところのない、人間らしく見えるその目の奥《おく》に、卑劣《ひれつ》なものがひそんでいるのだ。

「なんにも知りませんけど」とぼくはうそをついた。

警官にじろじろ見られて、冷《ひ》や汗《あせ》が出てきた。

「ねえ、ちょっと。きみ、どっかで見たことのあるような顔だな。トムという若者《わかもの》に似《に》ている」

「トムならぼくの兄貴《あにき》です」声が変《へん》にならないように気をつけながらこたえたが、自分がしゃべっている相手がただの人間の警官ではないという事実《じじつ》を忘《わす》れることはできなかった。これはイェルクなのだ。もはや人間ではない。寄生者なのだ。人間の脳《のう》はすっかり奴隷《どれい》にされているのだろう。

「兄さんなの？　そうか、トムはいい青年《せいねん》だよ。シェアリングの会で知りあったんだ。わたしも監督員《かんとくいん》のひとりでね。いいグループだよ、シェアリングの会は。きみも集会に参加《さんか》するといい」

「ええ、兄貴《あにき》にも誘《さそ》われてます」とぼくはいった。

「楽しいよ」

「ええ」

「それじゃ、工事《こうじ》現場《げんば》の子どもたちについてなにか耳にしたら、連絡《れんらく》してくれたまえ。ひとつ注意しておこう。その子たちは自分たちの罪《つみ》を隠《かく》そうとして、とっぴなつくり話をするかもしれない。だがきみは、そんなとんでもないうそを信《しん》じるようなばかじゃないだろう？」

「こいつはちょっとした天才ですから」とマルコがいった。

　そしてようやく警官《けいかん》は帰っていった。

「いいわ、ルールその一」レイチェルがきっぱりといいわたした。「人目を引くようなことはいっさいしない。ぜんぶ秘密《ひみつ》にしておくこと。とくにモーフについては」

　キャシーがきまり悪げにいった。「ええ、わたしったらばかだったわ。ただ、なんていうか、あんなふうに走るのってほんとにすばらしいのよね。広々した野原をただひたすら走って」

「どうやって服を着たまま変身《へんしん》できたの？」とぼくはたずねた。「トバイアスとぼくがやったときには……まあ、きみたち女の子が近くにいなくてよかったとだけいっとくけど」

「ちょっと練習が必要《ひつよう》だったわ。それにぴったりした衣服《いふく》じゃないとだめなの。コートを着てやってみたんだけど、ずたずたになっちゃった。冬にはどうしたらいいかしらね」

「べつにこまったことにはならないさ」とマルコが断固《だんこ》としていった。「なぜって、これからはモーフを使うことはないからだ」

「マルコのいうとおりかもしれない」とレイチェルがいった。「これはわたしたちの手には負えない問題よ。わたしたちはただの子どもだもの。だれかこの話を信《しん》じてくれる、えらい人を見つけるしかない。だれか信用できる人を」

「だれも信用できないよ」とトバイアスがきっぱりといった。「だれが寄生者《きせいしゃ》かわからないんだ。うっかりまちがった相手に話したりしたら、ぼくら全員一巻《いっかん》の終わりだよ。そして世界は滅《ほろ》びることになるんだ」

「わたし、モーフするのをやめたくないな」とキャシーはいった。「この力があったら、どんなことができると思う？　動物と意思を通じあえるのよ、たぶん。絶滅《ぜつめつ》の危機《きき》にひんした種《しゅ》を救《すく》うのに役立つわ」

「つぎに絶滅の危機に立たされるのは人間かもしれないよ、キャシー」とトバイアスがそっといった。

「あなたはどう、ジェイク？」とキャシーがたずねた。

「ぼく？　どうだろうなあ」肩《かた》をすくめてぼくはこたえた。「マルコのいうとおり、殺《ころ》されるかもしれない。レイチェルのいうとおり、この問題は子どもには大きすぎる」つぎにいおうとしていることが自分でも気に入らなくて、ぼくはためらった。「だけどトバイアスのいうとおりでもある。全世界が危険《きけん》にさらされている。それにだれのことも信用《しんよう》できない」

「それじゃどうするっていうの？」とレイチェルがつめよった。

「そんな、ぼくが決めることじゃないだろう」とぼくは腹《はら》を立てていった。

「多数決を取りましょう」とレイチェルがいった。

「ぼくは、運転免許《めんきょ》が取れる年齢《ねんれい》まで生きていたい」とマルコ。

「ぼくは、アンダリテにいわれたとおりにしたい。つまり、戦《たたか》うんだ」とトバイアス。

「けんかもしたことがないくせに」とマルコが意地悪くいった。「学校のいじめっ子相手にもどうしていいかわからないくせに。それがきゅうに、あのヴィセル・スリーとかいう化《ば》けものをやっつけたくなったってのか？」

トバイアスはなにもいわなかったけれど、その首すじがさっと赤くなった。

「わたしはトバイアスに賛成《さんせい》」マルコをにらみつけながら、レイチェルがいった。「わたしだってほかのだれかがやってくれればどんなにいいかと思うけど。でもそれはむりだし」

「しばらく考えることにしましょうよ」とキャシーがいった。「これはたいへんな問題だもの。つまり、ジーンズをはくかスカートをはくかを決めるようなこととはちがうでしょ」

ぼくはほっとした。キャシーに感謝《かんしゃ》だ。

「うん、しばらくようすを見てみよう。そのあいだ、だれにもなにもいわないこと。ふだんどおりの生活にもどるんだ」

マルコの顔ににやりと笑《え》みが浮《う》かんだ。自分の主張《しゅちょう》が通ったと思っているのだ。でもぼくにはそうとも思えなかった。まだ顔を赤らめていたトバイアスは、レイチェルにこっそりと感謝するような視線《しせん》を送った。

マルコとぼくはいっしょにぼくのうちに向かいながら、しぜんにふるまおうと努《つと》めた。プロ野球の話をし、デッド・ゾーン5でどちらがどちらをやっつけるかという話をした。うちのパソコンでやろうとしていたゲームのことだ。

しばらくデッド・ゾーンをやったが、ふたりともあまり調子がよくなかった。正直《しょうじき》にいってしまえば、ゲームはもう以前《いぜん》ほどおもしろくなくなっていた。ぼくはうわの空だった。

それからまもなくして、トムがやってきた。「よお、どうだい？　おれもそれ、やってみていいか？」

トムとゲームみたいなことをして遊ぶのは、数ヵ月ぶりだった。

「もちろん」といって、マルコはトムに場所をあけ、コントローラーを手わたした。

トムはなかなかうまかったが、数分ばかりやるとあとは飽《あ》きてしまったらしく、コントローラーをマルコに返し、横から見ていた。

「おまえらきのうの晩《ばん》、工事現場《こうじげんば》で起きた事件《じけん》のこと知ってるか？」

マルコがびくりと体を動かした。

「どんな事件？」とぼくはいった。

「新聞にのってたんだ」とトムはさり気《げ》ない口調《くちょう》でいった。「どっかのガキどもがあそこで花火を打ちあげてたらしい。まわりに住んでるまぬけ連中《れんちゅう》は、空飛《そらと》ぶ円盤《えんばん》かなにかだと思ったらしいけど」そして笑《わら》った。「空飛ぶ円盤だってさ」

マルコもぼくもそろって笑った。

「ほんとにな。それっていうのが、子どもが花火で遊んでただけだっていうんだから」

「ふーん」ぼくはゲームに集中しようとしながらいった。

「ゆうべ、おまえたちもショッピングモールに行ってたんだろう？」

「うーん」

「工事現場を通って帰ってきたのか？」

ぼくは首をふった。「まさか」

「ひょっとして、あのへんにガキがたむろしてるのを見かけなかった？」

「ううん」

「べつにそいつらをやっかいなことに巻《ま》きこもうってわけじゃない。なかなかおもしろいじゃないか。花火を打ちあげてたら、空飛《そらと》ぶ円盤《えんばん》だと思ってこわがる大人《おとな》が出てきてさ」

「うーん」

「空飛ぶ円盤か」トムはまた笑《わら》った。「そんな話を信《しん》じるのは、いかれた連中《れんちゅう》だけだよ」そして身を乗りだすようにしていった。「おまえはそんなこと信じないよな？　エイリアンとか宇宙船《うちゅうせん》とか、ちっちゃな緑色の火星人とかさ？」

思わずちがうといいたくなった。エイリアンは小さくもなければ緑色でもなかったと。でもこういっただけだった。「まさか」

トムはうなずくと立ちあがった。「よし。なあジェイク、おれたち最近《さいきん》あんまりいっしょに遊んでないよなあ」

「そうだね」

「そんなのつまらないよな」そこでトムは、思いついたというように指を鳴らした。「そうだ、おまえシェアリングの会に来いよ。マルコもさ」

「どうして？」とマルコがたずねた。

トムはにやりと笑《わら》っただけだった。「もう行かなきゃ」そういってぼくの肩《かた》をふざけて一発パンチした。「またあとでな。それからもうひとつ、工事《こうじ》現場《げんば》にいた連中《れんちゅう》のことでなにかきいたら、教えてくれよ」

トムはいなくなった。

マルコがぼくを見た。「ジェイク。連中のひとりだ」

「えっ？」

「トムだよ。トムもあいつらのひとりなんだ。おまえの兄さんは寄《き》生者《せいしゃ》なんだよ」

第十二章

にぎったこぶしをふりまわすと、マルコの頭の横にあたった。

マルコは飛《と》びのき、ぼくはもういちどこぶしをふりあげた。が、マルコの動きは速かった。

二発目のこぶしをかわされて、ぼくはつんのめって転んだ。

マルコはベッドからカバーを引きはがしてぼくの上にかぶせかけ、両腕《りょううで》を使えないようにして、その上に座《すわ》った。

「ジェイク、能《のう》なしのまぬけみたいなまねをするのはよせよ」

つかみかかろうとしたが、がっちりと押《お》さえられている。「はなせ！」とぼくは叫《さけ》んだ。

「はなすもんか」マルコはいった。「おまえ、トムが工事《こうじ》現場《げんば》で起きたことを、きゅうにあんなに気にしだしたのがただの偶然《ぐうぜん》だと思うか？」

たしかにあやしく見えるのはわかっていた。マルコを蹴《け》とばしてやろうともがいているあいだにも、犬に変身《へんしん》したときに気づいたトムのにおいのことが頭に浮《う》かんだ。それに、工事《こうじ》現場《げんば》できいた笑《わら》い声のこともある。

だけどちがう。ぜったいに！　トムはぼくの兄貴《あにき》なんだ。なにがあったって、あんなぬるぬるしたやつらを頭のなかに入れたりするはずがない。ありえない。

「騒《さわ》ぐのをやめるんだったらはなす」とマルコがいった。「いいか、ぼくの思いすごしかもしれないんだし、な？」

もがくのをやめると、マルコはぼくをはなした。

「ジェイク、あやしく見えるのはみとめるだろ」

「トムはやつらの仲間なんかじゃない。いいな。二度というなよ」

「好《す》きにしろよ。ただ、もう殴《なぐ》るなよな。お返ししなきゃならなくなるだろ」

ちょうどそのとき、窓辺《まどべ》でなにかぱたぱたと打つような音がした。だれかがそっと窓をたたいているような音だ。窓のほうへ行くと、マルコもあとをついてきた。

そこには一羽《わ》の鳥がいた。ワシとかタカのような大型《おおがた》の種類《しゅるい》の鳥で、つばさを窓ガラスに打ちつけている。

〈入れてくれない？　ずっとこうして浮かんでるわけにはいかないよ！〉

マルコの目がまん丸になった。マルコにもきこえたのだ。

窓《まど》を開けると、鳥はまっすぐに飛《と》びこんできて、鏡台《きょうだい》の上に舞《ま》いおりた。全長五十センチくらい、大部分が茶色で、まがったカギ爪《づめ》と、これもカギのような鋭《するど》いくちばしをしている。

「ワシかなにかだな」とマルコがいった。

〈アカオノスリっていうタカだよ、正確《せいかく》には〉とトバイアスがいった。

「おまえか、トバイアス？」とマルコがつめよった。「モーフとやらは、もうやらないはずだったろ」

〈ぼくはそんな話には賛成《さんせい》してないよ〉

「とにかく、もとのすがたにもどれよ、トバイアス」とぼくはいった。「アンダリテのいったことをおぼえてるだろう。二時間以上、変身《へんしん》したままでいちゃいけないって」

トバイアスはためらっているようだった。タカの頭をかしげて、どきりとするくらい鋭い目でじっとこちらを見つめていた。それでもけっきょくはベッドの上に飛びうつった。

ひとついわせてもらうけど、羽が皮膚《ひふ》に変《か》わるようすってのは奇妙《きみょう》なんてものじゃない。茶色い羽がまざりあってピンク色に変わる。まるで羽がとけていくみたいだった。まるでロウが熱《ねっ》を加《くわ》えられて、とけていくときみたいに。

くちばしはすぐに消え、そこからくちびるがあらわれた。カギ爪は五本に割《わ》れて足の指になった。

モーフのとちゅうの段階《だんかい》では、トバイアスは半分ピンクで半分茶の、背中《せなか》と胸《むね》にまだ羽のもようが見えているひとつのかたまりだった。顔は小さいまま、形は人間にもどっていたが、鋭《するど》く敏捷《びんしょう》な目はタカのままだった。ひどく小さな二本の縮《ちぢ》んだ腕《うで》が、赤ん坊《ぼう》のような指をくっつけて胸のまえから突《つ》きだしていた。

ざっと見るかぎり、そうとう気持ちの悪いながめだった。

しかしそのうち、人間のＤＮＡのほうが優勢《ゆうせい》になり、トバイアスのすがたはより人間らしくなってきた。モーフをはじめてから三分後には、完全にもとにもどったトバイアスがぼくのベッドの端《はし》に裸《はだか》で腰《こし》かけていた。

「キャシーみたいに、洋服を着たままモーフするやりかたがまだわからなくて」とトバイアスははずかしそうにいった。「なにか貸《か》してもらえる？」

ぼくはズボンとシャツを貸してやったが、靴《くつ》はどれもサイズが合わなかった。

「これまでの人生で最高《さいこう》にすてきなことだった」と、顔をほてらせながらトバイアスはいった。「ぼく、上昇気流《じょうしょうきりゅう》にのったんだよ」

「上昇気流ってなんだい？」とぼくはたずねた。

「地面からあたたかい空気が上《のぼ》ってくるだろ、するとつばさの下に空気のクッションができるんだ。そうなったら、ただ浮《う》いていればいいんだよ。千メートル以上《いじょう》も上空でだよ！　ただ上昇気流《じょうしょうきりゅう》に乗っていればいいんだ。きみたちもぜひやるといいよ！　これまでで最高《さいこう》の体験《たいけん》だった」

「トバイアス、おまえいったいどうやってタカにモーフできたんだ？」とぼくは断固《だんこ》としてきいた。

「ちょうどキャシーの農場《のうじょう》に、けがをしたタカがいたんだよ。きれいなミサゴもいたんだけど、タカのほうにした」

「けがをしたタカからモーフしたのに、どうして飛《と》べたんだよ？」ぼくは不思議《ふしぎ》だった。

マルコがあわれむように首をふった。「ジェイク、生物の授業《じゅぎょう》でなにをきいてるんだ？　DNAはけがとはなんの関係《かんけい》もないんだよ。折《お》れてたのはつばさだけで、DNAはなんともないんだよ」

ぼくはマルコを無視《むし》して、トバイアスにいった。「キャシーのお父さんに見つからなくてよかったな」

「すごく気落ちしてたんだ」とトバイアスがいった。

「だれが？　キャシーのお父さん？」

「ううん、そのタカだよ。もちろん、いじめられるんじゃないとはわかってるんだろうけど、それでもつばさが治《なお》るまでのあいだ、かごに閉《と》じこめられてるのがつらいんだね」トバイアスの目がかげりを帯《お》びた。「鳥にとって、かごのなかに入れられるのはたいへんなことなんだよ。鳥は自由でなくちゃ」

「そうかい」とマルコが皮肉《ひにく》っぽくいった。「鳥を解放《かいほう》しろ――そう印刷《いんさつ》したステッカーを手に入れるとしよう」

「ぼくといっしょに空の上にいたら、そんな態度《たいど》は取れないと思うな」とトバイアスは腹立《はらだ》たしげにいった。「ネコになるのもすてきだったけど、でもタカといったら！　自由そのものなんだ」

　そんなに楽しそうなトバイアスは見たことがなかった。ほら、トバイアスの家庭はけっこう悲惨《ひさん》な状態《じょうたい》だろう。そう考えると、きゅうになんだか気がかりになって、ぼくはもういちど警告《けいこく》をくりかえした。「二時間以上《いじょう》はだめなんだぞ、わかってるよな？　いつでも時間に注意するんだ、いいな？」

　トバイアスはにっこりした。「ああ。時計とかは持ってないけど、タカの目があれば、何百メートルも下にいる人の腕《うで》時計の針《はり》でも見えるからね。まるでスーパーマンみたいだ。飛《と》べるし、なんでも見えるスーパー視力《しりょく》もあるし」

「こんどはスーパーマンかよ」とマルコがぶつぶついった。

「空中からなにか見えるかもしれないと思って、あたりを見わたしながら飛《と》んでみたんだ」とトバイアスはいった。「イェルク・プールらしきものが見つからないかと思ってさ」

どこかできいたことのあることばだった。そういえば、ヴィセル・スリーが〝イェルク・プール〟とやらについてなにかいっていたっけ。「イェルク・プールってなんだい？」とトバイアスにたずねた。

「イェルクがもとのすがたにもどる場所だよ。連中《れんちゅう》は三日ごとに宿主《やどぬし》の体をはなれて、イェルク・プールに入って栄養素《えいようそ》をあびないといけないんだ。とくにカンドロナ粒子《りゅうし》を」

マルコとぼくは疑《うたが》わしげに目を見かわした。ふたりともそんな話はきいていなかった。

「最後《さいご》にアンダリテが急いで逃《に》げろっていったとき、ぼくは何秒かそのまま残《のこ》ってたんだよ。こわくて走れなかったみたいで」トバイアスが説明《せつめい》を始めた。

ぼくは首をふった。ぼくにはわかっていた。トバイアスはアンダリテをひとりで残していきたくなかったのだ。もしかすると、トバイアスにとってアンダリテは、ぼくらにとってよりずっと大切な存在《そんざい》だったのかもしれない。

「とにかく、アンダリテが見せてくれたんだよ……まぼろしを。そう呼《よ》んでいいと思うんだけど。映像《えいぞう》と情報《じょうほう》だ。それがいっぺんにどっと押《お》しよせてくるんだ。どれもごちゃごちゃで、まだ頭のなかで整理《せいり》できてないんだけど、でもイェルク・プールとカンドロナのことはわかってる」

マルコが手を上げてトバイアスをだまらせた。「ちょっと見てくるから」そしてドアから顔を出して廊下《ろうか》をのぞいた。「だいじょうぶだ」

トバイアスがたずねるようにマルコを見た。

「トムだよ。トムも連中《れんちゅう》の一味なんだ」

「痛《いた》い目にあいたいのかよ」ぼくは怒《おこ》っていった。「トムは寄生者《きせいしゃ》なんかじゃないぞ」

「どっちにしても、気をつけるにこしたことはないもんね」とトバイアスはいい、声を低《ひく》めて話をつづけた。「カンドロナというのは、カンドロナ粒子《りゅうし》を製造《せいぞう》する装置《そうち》なんだ。なんていうか、イェルクにとっての太陽を、携帯用《けいたいよう》にしたみたいなもんだよ。イェルクが生きていくには、カンドロナ粒子が必要《ひつよう》なんだ。人間にビタミンとかが必要なみたいに。カンドロナ粒子はカンドロナから送られて、イェルク・プールに集められる。イェルクたちは三日ごとに宿主《やどぬし》から抜《ぬ》けだしてプールに入らなくちゃいけない。粒子をあびてから、また宿主の体にもどるんだ」

「その話と、スーパーマンになって飛《と》びまわるのとなんの関係《かんけい》があるのさ？」とぼくはたずねた。

「まあね、いま思うとばかみたいなんだけど、でももしかしたらイェルク・プールが見えるかもしれないって思ったんだ」トバイアスは悲しげにほほえんだ。「水泳プールや池はたくさんあった。上空からだと、そこらじゅうに池や湖や小川が見えるんだよ。でもとくに変《か》わったものはなにも見かけなかった」

「だけどイェルク・プールを見つけたら？　そしたらどうするんだよ？」マルコが詰問《きつもん》した。

「そのときは爆破《ばくは》する」とトバイアスはこたえた。

「ちがうね」とマルコはいった。「この問題にはかかわらないことに決めたじゃないか」

「ちがうよ、まだ決めないことに決めただけだ」とぼくはいった。

「でも、ぼくは決めたんだ」とトバイアスがいった。

「意気地《いくじ》なしがいきなりヒーローになったのか」とマルコが鼻先で笑《わら》った。

トバイアスはこんどは赤くならなかった。「たぶんぼくは、戦《たたか》って守るべきものを見つけたんだと思うよ、マルコ」

「自分のためにだって戦わないくせに」とマルコはいった。

「それはむかしの話だよ」トバイアスはおだやかにいった。「アンダリテがあらわれて、ぼくらを助けようとして死んでしまうまえの話だ。このままにはしておけない。アンダリテの死をむだにするわけにはいかないんだ。だからきみたちがどう決めようと、ぼくは戦うつもりだよ」

第十三章

「まずイェルク・プールを見つけだす」とトバイアスはいった。「見つけたらそこを爆破《ばくは》して、邪悪《じゃあく》なナメクジどもを一匹残《びきのこ》らず殺《ころ》すんだ」

ぼくはマルコがわめきだすだろうと思った。でも利口《りこう》なマルコは、トバイアスがアンダリテの話でぼくのこころを動かしたのを見て取り、ちょっとずるそうな笑《え》みを浮《う》かべただけだった。

「きょう会った警官《けいかん》をおぼえてるだろ。工事《こうじ》現場《げんば》にいた子どもを見つけるのに必死《ひっし》だったやつ。寄生者《きせいしゃ》らしい警官のことだよ」

「あの警官がどうしたって?」とぼくはいった。

「なあ、ちょっと考えてみようぜ。あの警官はおまえをシェアリングの会に誘《さそ》った。おつぎ

はトムがやってきて、工事現場《こうじげんば》で起きたことにとつぜん関心《かんしん》を示《しめ》しだす。で、どうなったと思う？　トムもおまえをシェアリングの会に誘《さそ》ったというわけだ」

トバイアスがなるほどというようにうなずいた。「そのシェアリングっていうのは、寄生《きせい》者《しゃ》たちの団体《だんたい》なのかもしれないね」

マルコはにやりとした。こいつはぼくの親友ではあるけど、ときどき、ほんとうに頭に来ることがある。

「あの警官《けいかん》が寄生者なのはまずまちがいないよな。それにジェイク、おまえがなんといおうと、ぼくはトムも寄生者だと思う。そこでだ、おまえはイェルクと戦《たたか》いたいっていうわけか？」とマルコはぼくにたずねた。「そいつはけっこう。だけど自分の兄さんを殺《ころ》さなきゃならないとなったら、そのときはどうだ？」

そういわれて、ぼくはすっかりとまどった。

「テレビゲームとはわけがちがうだろ？」とマルコはいった。「これは現実《げんじつ》なんだ。おまえは現実をなんにも知らないんだよ、ジェイク。これまでほんとにひどい目にあったことがないからな。家族もみんなそろってるし。ぼくもむかしはそうだったけど」

マルコの声がすこしうわずった。お母さんの死についてはひとことも口にしなかった。

たしかにマルコのいうとおりだった。ぼくは現実についてなにも知らない。マルコの身に起こったような――そしてトバイアスの身に起こったような現実《げんじつ》を。

「だからこの件《けん》はそのままにして、ほかのだれかにまかせようよ。アンダリテは気の毒《どく》だったけど、うちの家族が死ぬのはもうごめんだよ」とマルコはいった。

「だめだ」そういった自分におどろいた。「アンダリテは理由があってモーフの力を授《さず》けてくれたんだ。べつに犬や馬や鳥になって楽しむためじゃない。アンダリテはぼくらが戦《たたか》うことを願《ねが》ったんだよ」

「だったら、トムが敵《てき》になるかもしれないんだぞ」とマルコはいった。「自分の兄さんを殺《ころ》さなきゃならないかもしれないんだぞ」

「うん」のどがしめつけられたような感じがした。「そうなるかもしれないし、それはわからない。だけどまずはもっと情報《じょうほう》を手に入れることだ。それにはそのシェアリングの会をさぐるのがいいと思う。今晩《こんばん》のね。ほかのみんなに電話してみるよ。行きたい人は行く。かかわりたくないなら、来なくてもいいんだよ、マルコ」

マルコはためらっていた。怒《おこ》ったような目でトバイアスを見て、それでもこういった。

「わかったよ。ただの集会だろ？　見にいってみよう。賛成《さんせい》するよ」

ぼくはあとのふたりに電話をかけた。レイチェルはすぐに賛成した。キャシーはすこし考えていたが、やはり賛成した。

トムに、みんなで集会に行ってみたいと伝《つた》えた。ぼくとマルコとレイチェルとキャシーの四人だ。トバイアスも参加《さんか》することに決めてあったが、ただ参加のしかたはべつだった。

「今夜の集会はすごいぜ」とトムは熱心《ねっしん》にいった。「浜辺《はまべ》でたき火をする予定なんだ。浜辺をぶらぶらして、ゲームをして遊んだりするのさ。バレーボールもやるはずだ。暗いからボールがあんまり見えてなくてさ、あれはほんとにおもしろいよ。すごいぜ。最高《さいこう》のグループだよ。ぜったい気に入ると思うな」

トムの話をきいていると、シェアリングの会がイェルクと関係《かんけい》しているとはとても思えなかった。ヴィセル・スリーやタクソンの一団《いちだん》がバレーボールをしているすがたは想像《そうぞう》しにくい。

ひょっとしたら、ぼくたちみんなどうかしているのかもしれないと思いはじめた。シェアリングの会というのは、女の子も入れるボーイスカウトみたいなものなのかもしれない。

浜辺まではそれほど遠くなかったので、ぼくらはトムといっしょに車で行くのはやめて、歩いていくことにした。トバイアスはとちゅうまでいっしょに行き、海岸に近づいたあたりで暗い砂丘《さきゅう》のかげにすがたを消した。それから二、三分して、一羽《わ》のタカが飛《と》びたつのが見えた。夜間は気流がすくないので、高く舞《ま》いあがるのに力がいるようだったが、やがてちょうどよい上昇気流《じょうしょうきりゅう》を見つけたらしい。すがたが見えなくなるまで高々と上《のぼ》っていった。

「ぜったいやってみたいわ。すてきでしょうね」とキャシーがいった。

「うん」ぼくもそう思った。前方では、暗い浜辺《はまべ》にたき火が明るく燃《も》えていた。みんながそのまわりで、遊んだりおしゃべりをしたり食べたりしている。子どももいれば、大人《おとな》もいる。知らない人もいたし、知っている人もいた。

みんな寄生者《きせいしゃ》なんだろうか？　ぼくにはわからなかった。どうしたらわかる？　兄貴《あにき》も連《れん》中《ちゅう》の一味なのだろうか？

それから一時間ばかり浜辺ですごすうち、自分がどうかしていたんだと思えてきた。この人たちが異星人《いせいじん》であるはずはなかった。ぼくとトムはおなじチームでバレーボールをした。それから用意されたバーベキューを食べた。ようするに、ごくふつうの楽しい集まりにすぎなかったのだ。

砂《すな》はまだあたたかかった。夜気《やき》はひやりと冷《つめ》たかったが、火のそばにいれば気持ちがよかった。

「おれがこの会を楽しんでるわけがわかったろう？」とトムがぼくにたずねた。

「そうだね」ぼくは楽しそうにしている人々を見まわした。「こんなにおもしろいとは知らなかったよ」

「まあな、でもそれでぜんぶじゃない。つまりただおもしろいだけじゃないんだよ。シェアリングは、ものすごく助けになってくれるんだ。正会員になれればね」

「どうやったら正会員になれるの？」とぼくはたずねた。

トムは意味ありげににやりとした。「それは先の話だ。まずは準《じゅん》会員になるんだ。それからリーダーたちが正会員にするかどうかを決める。正会員になったら……それこそ世界が変《か》わるよ」

そのとき、奇妙《きみょう》なことが起こった。にこやかにぼくに笑《わら》いかけているトムの顔が、ぼくの目のまえでふいに引きつったのだ。頭が片側《かたがわ》にかたむきはじめて、まるで首をふりたいのにできないみたいだった。ほんの一瞬《いっしゅん》、その目になにかが浮《う》かんだ。おびえているような……そんな感じのなにかが。まっすぐにぼくを見つめている目の奥《おく》からだれかほかの人間が、おびえた人間がのぞいているみたいだった。

一瞬のちには、ふつうのトムにもどっていた。あるいは、ふつうのように見えるトムに。

「ちょっと行ってくる。正会員の集まりがあるんだ。おまえたちはここに残《のこ》って楽しんでてくれよ。どんどんバーベキューを食べてさ。最高《さいこう》だろ？」

そういうと、トムは夜の暗やみのなかへ去っていった。

まるで有刺《ゆうし》鉄線《てっせん》を飲みこんだような感じだった。

マルコとキャシーがやってきた。いままで、ほかの人たちと波打ちぎわでフリスビーをしていたのだ。マルコは笑《わら》い声をあげていた。

「わかったよ」とマルコはいった。「みとめる。ぼくのまちがいだった。ふつうの人たちが楽しんでるだけだった。トムも寄生者《きせいしゃ》なんかじゃない」

笑っていいのか、泣《な》いていいのかわからなかった。マルコはまちがっている。トムの目のなかに見えたものがなんなのか、ぼくにはわかっていた。トムは警告《けいこく》していたのだ。頭のなかのイェルクに押《お》しつぶされかけながらも、ほんの一瞬《いっしゅん》、どうにかして顔の筋《きん》肉《にく》をあやつる力を取りもどしたのだろう。

トムは——脳《のう》のなかにいるナメクジ野郎《やろう》じゃなくて、ほんもののトムは、ぼくに警告しようとしたのだ。

第十四章

「みんなあっちで集まってるよ」とぼくはいった。「正会員たちは全員。その集まりでなにが起こるのか、ぜひとも知りたいね」平然《へいぜん》とした口調《くちょう》にきこえればいいがと思いながら、こころのなかは激《はげ》しく動揺《どうよう》していた。

「みんなが歩いていくのを見たわ」とレイチェルが指をさした。

「近くまで行けるかどうかやってみよう」とぼくはいった。

「いったいどうしたっていうんだ？」とマルコがたずねた。「たったいま、これはまともな会だってわかったんじゃないのか」

その問いにこたえたのはキャシーだった。「ちっともまともなんかじゃないわよ。感じない？」そして身ぶるいをした。「そのいわゆる〝正会員〟たちだけど、みんなかんぺきに感じがいいでしょ。かんぺきに親切だし。あまりにもまともで、それって異常《いじょう》だわ。それに、わたしたちのことをずうっと目で追って見てるのよ。まるで……おなかをすかせた犬が骨《ほね》を見ているみたいに」

「気持ち悪いよねえ」とレイチェルもいった。「なんか、チアリーダーと体育の先生を合わせて、それにコーヒーを十杯《ぱい》飲ませた感じ」

「たしかにみんな、ちょっと機嫌《きげん》がよすぎるな」マルコもみとめた。「シェアリングの正会員になったら、すべての悩《なや》みが消えたって話ばっかりするし。どっかの新興宗教《しんこうしゅうきょう》かなんかみたいだ」

「その内輪《うちわ》の集会にもぐりこむ」とぼくはいった。ぜったいにたしかな事実《じじつ》を知らなくてはならない。「たき火からはなれて、あの監視台《かんしだい》の向こうへ行こう」

「どうやってもぐりこむつもりだ？」とマルコがたずねた。

「連中《れんちゅう》だって、浜辺《はまべ》をうろついてるノラ犬のことなんか気にかけないだろ」

「うろついてるノラ……ああ」とマルコはいった。

「いい考えだわ」とキャシーがいった。「わたしもやりたいけど、でもわたしになれるのは馬だけだし。馬じゃ気づかれるわよね」

だれにも見られる心配がないのをたしかめると、ぼくは夜空に向かって手をふった。数秒

後、トバイアスが星空から音もたてずに急降下《きゅうこうか》してきて、監視台《かんしだい》の上に舞《ま》いおりた。

〈どうしたの？〉

「正会員たちが内輪《うちわ》の集まりに行ったんだ」とぼくはこたえた。「どこにいるかわかる？」

〈もちろん。この目があれば、砂丘《さきゅう》の上をかけまわるネズミだって見えるんだから。丸々として、おいしそうなネズミだよ〉

「トバイアス！　しっかりしろよ。タカの体をしてるからって、ネズミを食べたりするなよ。おつぎはなんだ？　車にひかれた動物の死体か？」

トバイアスはだまっていた。車にひかれた動物を食べるなんて話が気に入らなかったのかもしれない。あるいは――もっと悪いことに、気に入らなくはなかったのかも。

「正会員たちはどこにいる？」とぼくはたずねた。

〈浜辺《はまべ》を百メートルほど先に行ったところだよ。砂丘にかこまれて、くぼ地みたいになってる場所があるんだ。でも、まわりじゅうに人が立ってるよ、見張《みは》りみたいに〉

ぼくはうなずいた。「よくやった、トバイアス。ところでおまえ、タカのすがたになってからもう一時間以上《いじょう》たつよ。もとにもどらなくちゃ」

〈いや、もうすこし上から見張っているよ〉

「だめだよ、トバイアス」ぼくはぴしゃりといった。「もとのすがたにもどるんだ。やるべきことは終えたんだから」

〈ええと、ちょっとこまったことがあってさ……ぼく、なにも着てないんだ〉

「おまえの服ならマルコのかばんに入ってるよ。レイチェルとキャシーは、そのあいだよそを向いてるから」

キャシーがにやっと笑《わら》った。「あなたたち男の子に洋服を着たままモーフする方法《ほうほう》を教えてあげなくちゃね」

トバイアスはまだためらっていた。〈もとにもどるのはいやだなあ。牢屋《ろうや》かなにかにもどるみたいで。つばさのない自分はいやなんだよ〉

「トバイアス、またいつだってタカになれるのよ」とレイチェルが説《と》きふせるようにいった。「さあ、どうぞ、おふたりとも。繊細《せんさい》な男の子のプライドを傷《きず》つけないように、よそを向いててあげるから」

ぼくは深呼吸《しんこきゅう》をした。まだ二回目のモーフだ。犬になるなんて考えたというだけでも、いまだにものすごくばかばかしい気がした。それでも気持ちを集中していると、むずがゆさともぞもぞした感覚《かんかく》が起こりはじめた。ホーマーのDNAがアンダリテの技術《ぎじゅつ》と結《むす》びついて、変身《へんしん》が始まったのだ。

それと同時に、トバイアスのつばさの端《はし》から指が生えてくるのが見えた。

「人間の部分をしっかりさせといてね」とキャシーがぼくに注意した。「ネコなんかを追いかけてどこかへ行かれちゃこまるもの。コントロールを失《うしな》わないように一生懸命《けんめい》集中してね」

「うん、わかってる」といいかけたが、出てきたのは「グルル、ググル、グル！」という声だった。人間の声を出すには変身《へんしん》が進みすぎていたのだ。

そこでかわりに頭のなかで返事をした。〈うん、わかってるよ、キャシー。心配しないで〉

「でも心配だわ」とキャシーはやさしくいった。

冷《つめ》たい鼻づらをキャシーの手に押《お》しつけると、キャシーは頭をなでてくれた。ぼくは砂《すな》の上を歩きはじめた。

キャシーに注意されたとおりだった。砂丘《さきゅう》、波、見えないねぐらからきこえる低《ひく》い海鳥の声――そのどれもが、ぼくの犬の部分の気を引くのにうってつけだった。

草のかげでなにかが息をしているのがきこえたと思ったら、いきなりそれが走りだした！考える間もなく、ぼくはあとを追っていた。逃《に》げる相手を追いかけるぼく。たぶんシマリスかなにかだと思うけどたしかじゃない。というのも、そいつは穴《あな》を見つけるとそのなかへ飛《と》びこんでしまったからだ。

狂《くる》ったように砂《すな》を掘《ほ》りかえしていると、ぼくの人間の脳《のう》がはっと気づいた。やめろ、ジェイク、こんなことをしている場合じゃないぞ。やめるんだ！

集会をしているほうへしぶしぶ歩きはじめた。かすかな声がきこえてきた。もっと近くへこっそりと忍《しの》びよろうとしたけど、そんなのはばかげていることに気づいた。犬は忍び足で歩きまわったりはしない。歩くか走るかするだけだ。もしも〝スパイ犬〟みたいにしてうろうろしていたら、それこそ人目を引いてしまう。

そこでぼくは夜の浜辺《はまべ》を散歩《さんぽ》している犬らしく、あたりをぶらぶらと歩いた。舌《した》をたらし、ときどきしっぽをふりながら。ひとつだけ気をつけなければいけないのは、近くからトムに見られないようにすることだけだった。なんといっても、ぼくのすがたはホーマーにそっくりだったのだから。

というか、そもそもぼくはホーマーだったのだから。

集会場所のはずれまで近づいた。高い砂丘《さきゅう》がまわりをかこんでいる。二、三十人が集まっていた。残念《ざんねん》なことに、犬の弱い視力《しりょく》では、暗がりにいる人々をはっきり見ることはできなかった。

だがきくことはできた。おどろくほどよくきこえた。人間の聴覚《ちょうかく》ではほとんど気づかないような音が、ラジカセの音量をめいっぱいに上げたほどの音にきこえた。

それににおいもかげた。嗅覚《きゅうかく》というのはおもしろい。人間のときにはたいして関心《かんしん》がないのに、いったん人間の部分を引っこめて犬になりきると、嗅覚が視覚《しかく》のようによくきくんだ。もちろん感じはちがうけれど、おなじくらい役に立つ。

トムの声がきこえた。いろいろなものが微妙《びみょう》にまじりあったにおいもして、それほど遠くないところにいることがわかった。

見張《みは》りの男がいたが、ちらりとぼくを見ただけで、またべつのほうを向いた。だれもノラ犬を気にかけたりはしない。

アンダリテがモーフの力を授《さず》けてくれた理由がわかってきた。人間のすがたでは不可能《ふかのう》でも、動物だったらできることというのがある。

会員たちはみんな、だれかがやってくるのを待っているようだった。トムがこういうのがきこえた。「もうすぐいらっしゃるはずだ。ほら、いらっしゃったぞ」

小さなざわめきが起こり、足音が近づいてきた。ぼくはもっと近くまでよったが、暗がりからは出ないようにした。

「みんな、しずかに。こまった問題がある」という声がした。

あの声だ！　あの声なら知っている。工事《こうじ》現場《げんば》できいたのとおなじ声だった。〝頭部だけ取っておけ。わたしのところへ持ってくれれば身元がわかる〟といったあの声だ。

もうすこし近くまで忍《しの》びよった。犬の視力《しりょく》では必死《ひっし》に見なければならなかったが、ちょうどそのとき声の主《ぬし》が向きを変《か》えたので、すがたが見えた。見おぼえのある男。ぼくの知っている人。毎日学校で会っている人だ。

それはなんと、チャップマン教頭だった。

ぼくの学校の教頭先生は寄生者《きせいしゃ》だったのだ。

「ひとつ。工事現場《こうじげんば》にいた子どもたちがまだ見つからん」とチャップマンはいった。きびしい声だった。「そいつらを見つけてもらいたい。ヴィセル・スリーもそうご希望《きぼう》だ。なにか手がかりはないのか?」

一瞬《いっしゅん》しんとなった。それからまたききおぼえのあるべつの声がした。

「証拠《しょうこ》があるわけではないのですが」とトムはいった。「でもひょっとすると、ぼくの弟ということになっているジェイクかもしれません。あいつはときどき工事現場を通っているんです。それで今夜ここに連《つ》れてきたのです。あいつを仲間にすることができるように……あるいは殺《ころ》すか」

第十五章

あいつを仲間にすることができるように……あるいは殺《ころ》すか。

まるでだれかに殴《なぐ》られたような気がした。

トムは寄生者《きせいしゃ》なんだと自分に言い聞かせた。べつの星からやってきた、ぬるぬるしたナメクジ野郎《やろう》が脳《のう》のなかでトムをあやつっているんだ。ぼくに話しかけてきたやつは、ほんとうはトムではない。イェルクなんだ。

ぼくの兄貴《あにき》があいつらの一味だとは。チャップマン教頭もあいつらの一味で……

寄生者はそこらじゅうにいる。そこらじゅうに！　どうすれば連中《れんちゅう》を阻止《そし》できるんだ？　どうやったら戦《たたか》う気になれる？　兄貴まで、あのトムまで奪《うば》ってしまうようなやつらを、いったいぼくなんかがどうやってやっつけられるというんだ？　そんなのはいかれてる。マルコは正しかった。

そのときもしも完全に人間だったら、絶望《ぜつぼう》で打ちのめされていたと思う。が、犬には絶望というものはない。ぼくを救《すく》ってくれたのは、単純《たんじゅん》で幸福《こうふく》で希望《きぼう》に満《み》ちたホーマーの気質《きしつ》だった。しばらくのあいだ、ぼくは自分を解《と》きはなって、犬の意識《いしき》のなかへ漂《ただよ》いだした。考えたくなかった。人間でいたくなかった。ぼくは砂丘《さきゅう》を歩きまわり、いろんなもののにおいをかいだ。

だが、するべき仕事があるのはわかっていた。しばらくすると、ぼくは犬の単純な幸福感を手ばなして、むりやり苦しい現実《げんじつ》にもどった。

そのまま集会のようすをきいていたが、まだひどく動揺《どうよう》していたので、きこえてきた内容《ないよう》はほとんど意味がわからなかった。ただもう、おなじことばが頭のなかで何度もくりかえしきこえるのだった。「あいつを仲間にする……あるいは殺《ころ》すか」と。

もうひとつぼくのこころに引っかかったのは、トムがほかのやつ、つまりほかの寄生者《きせいしゃ》と、イェルク・プールに行く予定についてしゃべっていたことだった。行ってきたばかりで気分がいいとトムはいい、月曜日の晩《ばん》にまた行く予定だと話していた。

そう話しているのは、トムの頭のなかにいるナメクジだった。トムを支配《しはい》しているそいつは、定期的《ていきてき》にイェルク・プールに通わなければならないのだ。

そのときべつの声がきこえた。キャシーだ！

近くへよろうと、砂丘《さきゅう》のうらへこっそりと急ぎ足でまわった。音はよくきこえる。キャシーの声、それにだれのものかわかるまでに一分ほどかかったべつの声。

それは警官《けいかん》の声だった。あの警官だ。

「おい、こんなところでなにをしている？」と警官がきびしくたずねた。

「貝殻《かいがら》をさがしていただけです」とキャシーはいった。

「これは正会員だけの集まりなんだ」警官はうなるような声でいった。「内輪《うちわ》の話しあいだ。わかったか？」

「はい、おまわりさん」とキャシーはうやうやしい口調《くちょう》でこたえた。

ふたりのすがたが見えるところまで近づいたが、犬の視力《しりょく》だとやっぱり見えにくい。古いテレビみたいに、色もくすんですべてぼやけて見える。

警官はキャシーをじろじろ見ていた。キャシーは勇気《ゆうき》をふるい起こそうとしていたが、おびえているのがにおいでわかった。

「いいだろう、行きなさい」ようやく警官がいった。「だが、ちゃんと見ているからな。ほかの連中《れんちゅう》のところへ帰るんだ」

キャシーはきびすを返し、できるかぎり速く歩みさった。ぼくはキャシーに追いついた。

どこからともなく犬が飛《と》びだしてくるのを見てぎょっとしたのだろう、キャシーはびくりと飛びあがった。

「なんだ、ジェイクだったの」

〈ああ。あぶないところだったね。あそこでなにをしてたんだい？〉

キャシーは肩《かた》をすくめた。「あなたがだいじょうぶかどうか、たしかめたかっただけよ」

〈きみより安全だったよ〉とぼくはいってやった。

ぼくらはレイチェル、マルコ、そしてトバイアスが待っているところへ帰った。ぼくは人間の体にもどりたくなかった。もういちど意識《いしき》を解《と》きはなてば、数分もたたないうちに、ぼくの犬の脳《のう》は人間のぼくがなぜ悲しんでいるのかも忘《わす》れることだろう。もしもいま、波打ちぎわに棒《ぼう》きれを投げてくれたら、さっそく追いかけていけるのに。水と棒きれがあれば、すぐにしあわせになれるだろう。

なぜトバイアスがタカの体をはなれるのをあれほどいやがったのか、ようやくわかった。動物でいれば、いろんな悩《なや》みから逃《のが》れることができるのだ。

だがぼくは人間にもどりはじめた。キャシーとレイチェルは背《せ》を向けて海のほうを見ていた。

すっかりもとにもどると、ぼくはいった。「マルコ、おまえのいうとおりだった。トムは寄《き》生者《せいしゃ》だ」

自分が正しかったときいても、マルコはうれしそうではなかった。

ぼくはトムがチャップマンにしていた、ぼくを利用《りよう》するか殺《ころ》すかするために集会に連《つ》れてきたという話をみんなにきかせた。

「ちょっと待って。チャップマン先生も連中《れんちゅう》の仲間なの？」レイチェルがたずねた。「あのチャップマン先生が？　うちの学校の教頭先生が？」

「どうやらリーダー格《かく》らしい」とぼくはいった。「こないだの晩《ばん》、工事現場《こうじげんば》にいたのもチャップマンだ。ホルク・バジールに、頭だけ取っておくように命令《めいれい》してたやつだよ」

「いかにもチャップマンらしいぜ」とマルコがいった。

「すぐにここから逃《に》げたほうがいいんじゃないの」トバイアスがいった。

「いや、だいじょうぶだ」とぼくはいった。「チャップマンはトムに、シェアリングの集会で殺人《さつじん》が起《お》きてはならないといってた。疑《うたが》われるような行動はいっさいお断《こと》わりらしい。それにチャップマンは、工事現場にいたかもしれないってだけで、子どもたちを殺してまわるわけにもいかないといってた。確実《かくじつ》な証拠《しょうこ》がないかぎり」

「それはまたおやさしいこと」とレイチェルがそっけなくいった。

「そうでもないよ。チャップマンは、まだしばらくは世間の注意を引くことは避《さ》けなくちゃいけないといったんだ。子どもの死体がつぎつぎに発見されたら、いやでも気づかれるだろう。チャップマンは、ただ待てばいいといってた。子どもが異星人《いせいじん》を見たことをずっとだまっていられるはずがないって。で、子どもがしゃべったら、寄生者《きせいしゃ》が見つけだして始末《しまつ》すればいいわけだから」

「でも、わたしたちは目撃《もくげき》したことをしゃべらない」とレイチェルがいった。

「そのとおり」とマルコもいった。「ぼくらはなにもいわない。そして見たことすべてを忘《わす》れるんだ。それぞれの生活にもどって、ふつうに暮《く》らしていくのさ」

「トムをあのままにしてか？」ぼくはきっぱりといった。「まさか、ぜったいにだめだ。トムはぼくの兄貴《あにき》なんだ。きっと助けてみせる」

「どうやってだよ？」とマルコが皮肉《ひにく》っぽくいった。「いいか、おまえの対戦《たいせん》相手はチャップマン、おまわり、ホルク・バジールとタクソンの一団《いちだん》、それに最悪《さいあく》なあのヴィセル・スリーまでいるんだぞ。おまえにできることといったら、犬になってやつらの足にかみつくことぐらいだろ。史上《しじょう》最悪の勝てっこないテレビゲームにはまりこんだみたいなもんだ」

ぼくはにやりと笑《わら》った。というか、とにかく歯だけは見せた。「まあ、そうかもね。でもテレビゲームはけっこう得意《とくい》だからさ」

「それにひとりじゃないし」とレイチェルがいった。「わたしもやることにする」

「ぼくもだ」とトバイアス。

「わたしも」とキャシーも賛成《さんせい》した。

「こりゃすばらしい」とマルコはいった。「いきなり四人の戦士《せんし》、ってわけか。これはマンガじゃないんだ。現実《げんじつ》なんだぞ」

砂丘《さきゅう》のほうから人声がきこえてきた。正会員の集まりが終わったのだ。

「みんな、しずかに」とぼくはいった。「この問題についてはそのままってことで……とりあえず」

マルコの気をしずめるためにそういったものの、そのままにしておくつもりなどなかった。

ぼくはキャシーをわきへ引っぱっていった。「ねえ、キャシー、気づかれないでチャップマンを見張《みは》れる動物にモーフしたいんだけど。農場《のうじょう》にはどんな動物がいる？」

キャシーは一瞬《いっしゅん》考えこんだ。「ちょっと待ってね。けがをした鳥はたくさんいるでしょ。足を折《お》ったオオカミもいるわ。ひとつ目のヤマネコもいるし」

ぼくはキャシーが、野生動物病院にいるすべての動物を数えあげていくのをきいていた。

ふいにキャシーが指を鳴らした。「ひょっとしたら……ねえ、どれくらい小さなものにまでモーフできると思う？」

ぼくは肩《かた》をすくめた。まったくわからなかった。

「あれはどうかな。病院の患者《かんじゃ》ってわけじゃなくて、住みついてるみたいなものだけど。小さいわよ。壁《かべ》を這《は》いあがることができるの。それに速いから、逃《に》げるときにもいいわ。見たり聞いたりもちゃんとできると思う」

そんなわけで、その晩《ばん》ぼくはキャシーのところの納屋《なや》で、病気のタカでいっぱいの鳥かごの下や、びっくりしている二頭のシカのあいだを這いまわるはめになったのだ――トカゲをさがして。

第十六章

月曜日の朝、学校のロッカーでぼくはそれを実行《じっこう》した。トカゲになったのだ。正確《せいかく》にはグリーン・アノールというイグアナ科《か》のトカゲだ。興味《きょうみ》があればの話だけど。

一時間目の始業《しぎょう》ベルが鳴るまで待った。ちなみにぼくらのクラスは国語の時間だった。廊《ろう》下《か》にだれもいなくなると、ぼくは自分のロッカーに体を押《お》しこめた。万が一だれかが見ていたときにそなえて、なるべくさり気《げ》ないふうをよそおいながら。

ロッカーはぼくの身長より五センチほど小さくて、腰《こし》をかがめなければならなかった。それにとてもせまくて身動きもできなかった。明かりといえば三本の細い空気孔《こう》からもれてくる光だけ。きゅうくつで暗い空間で、心臓《しんぞう》がどきどきいう音がきこえた。

ぼくはこわかった。犬になるのとは話がちがう。もちろんそれだって奇妙《きみょう》なことではあるけど、でも一応《いちおう》さまにはなるだろう。犬はさまになる動物だから。だけどトカゲは？　「ほんとに練習しとけばよかったな、キャシーのいうとおり」

「練習しとけばよかった」とぼくはつぶやいた。

ぼくはモーフに集中しはじめた。おととい の晩《ばん》、トカゲをつかまえたときのことを思い出した。懐中電灯《かいちゅうでんとう》の明かりでようやく居場所《いばしょ》をつきとめると、逃《に》げられないようにキャシーがバケツをかぶせてくれたのだ。

ＤＮＡの型《かた》を写しとるためにトカゲにさわるだけでも、じゅうぶん変《へん》な気分だった。それがこんどはそのものになってしまうわけだ。

まず気がついたのは、ロッカーのなかがきゅうに広くなったことだった。腰《こし》をかがめている必要《ひつよう》はなくなり、肩《かた》もすぼめなくてよくなった。

片手《かたて》で顔をさわってみた。妙《みょう》にたるんでいて、ざらざらした感触《かんしょく》だった。

頭に手をやってみた。髪《かみ》の毛はほとんどなくなっていた。

いろんなことがすごい速さで起こりはじめた。ロッカーはみるみるうちに大きくなっていった。納屋《なや》ほどの大きさだ。いや、スタジアムほどの大きさになった！

落下していく感じだった。高層《こうそう》ビルから落ちて、いつまでたっても地面に着かないような感じだ。

気がつくと、なにかべとべとした岩のようなものの上に立っていた。ロッカーのなかにどうして岩なんかがあるんだ？　と思ったところで気づいた。ガムのかたまりだ！　かんだあとのガムが、ロッカーの底《そこ》にくっついていたのだ。

船の帆《ほ》みたいな大きなたれ布《ぬの》がまわりに落ちてきた。ぼくの洋服だ。うす暗い明かりのなかで、巨大《きょだい》でぶかっこうなものがふたつ、右と左にあるのが見えた。ナイキのロゴがかろうじて読みとれ、自分の靴《くつ》だとわかった。家ほどの大きさがある。

そこでトカゲの脳《のう》が動きはじめた。

あぶない！　閉《と》じこめられた！　逃《に》げろ！　逃げろ！　逃げろおおお！

必死《ひっし》に落ちつかせようとしたが、トカゲの脳は恐怖《きょうふ》にかられていた。どこにいるのかわからなくて、外へ逃げだしたがっていたのだ。外へ！　と。

明かりのほうへ行くんだ！　ぼくはその新しい体に命じた。空気孔《こう》だ。そこが出口だ。

だが、トカゲは明かりをこわがっていた。おびえていたのだ。

トカゲの恐怖の本能《ほんのう》を抑《おさ》えられず、ぼくは走っては壁《かべ》にぶつかりそうになった。

明かりへ向かえ！　ぼくはもういちど頭のなかで叫《さけ》んだ。すると外に出ていた。頭を突《つ》きだすと、あとから体がすべってついてきた。舌《した》がちろりと伸《の》びてそこから不思議《ふしぎ》な情報《じょうほう》が入ってきた。嗅覚《きゅうかく》みたいなものだが、それほどはっきりはしていない。舌はずっとちろちろしている。口からさっと飛《と》びだしては空気をなめるように動く舌《した》が自分で見えた。明るい光のなかに出ると、トカゲの目はまるで役に立たないことがわかった。自分の見ているものがなにかわからない。すべてがバラバラになって、ゆがんで見える。上下もさかさまだし、色ときたらめちゃくちゃだ。

懸命《けんめい》に考えた。いいか、ジェイク、いまおまえの目は頭の両わきについているんだ。この目はふたつで焦点《しょうてん》を合わせるんじゃなく、それぞれべつのものを見る。そのやりかたに慣《な》れるんだ。

その知識《ちしき》を使って、目に映《うつ》った像《ぞう》を理解《りかい》しようとしてみたが、やっぱりごちゃごちゃだった。永久《えいきゅう》にわからないんじゃないかと思えた。片方《かたほう》の目は廊下《ろうか》の左手を、もう一方は廊下の右手を見ている。ぼくははてしなくつづく灰色《はいいろ》の地面のようなロッカーの横に、頭を下にしてつかまっていた。

そのあいだずっと、グリーン・アノールの脳《のう》は、ぼくの人間の脳を打ち負かそうとしていた。暗いロッカーから出てきたと思ったら、こんどはもうそこへもどろうと必死《ひっし》になっている。

教頭室だ、とぼくは自分に思い出させた。だけどどこだろう？

左だ。あっちだ。

とつぜん、ぼくの体は走りだしていた。壁《かべ》をまっすぐ下へ。ビュン！　それから床《ゆか》へ。ビュン！　ぼくの二倍はある紙きれをさっとよける。地面が飛《と》び去ってゆく。まるで、制御《せいぎょ》のきかない、こわれたミサイルにしばりつけられているみたいだった。

そのとき、ぼくのトカゲの脳《のう》がクモに気づいた。妙《みょう》な話だが、自分がクモのすがたを見たのか、それともにおいをかいだのか、あるいはちろちろしているトカゲの舌《した》で味わったのかははっきりしない。ただとつぜん、クモがいるとわかったんだ。

たちまちぼくは、そいつを追って時速百万キロで走りだした。とまろうなんて考える間もなかった。あまりの速さで動くものだから、自分の足がぼやけて見えた。

それほど大きなクモではなかったはずだ。大きな人間からすれば。だがぼくのトカゲの目には、子どもくらいの大きさに見えた。巨大《きょだい》なクモだ。複眼《ふくがん》が見え、八本の足のそれぞれの関節《かんせつ》も、かちかち音のする、大きくておそろしげなあごも見えた。

クモは逃《に》げた。ぼくはあとを追った。ぼくのほうが速かった。

やめろおおおお！　ぼくは頭のなかで叫《さけ》んだ。が、もう遅《おそ》かった。攻撃《こうげき》を仕掛《しか》けるヘビのような速さで、頭がぐいっとまえに動いた。あごが音をたて、気づいたときにはクモはもうぼくの口のなかにいた。

抵抗《ていこう》しているのがわかった。クモが足をばたつかせて、ぼくの口から逃《に》げだそうとあばれているのがわかったんだ。

吐《は》きだそうとしたのにできなかった。トカゲがクモを求《もと》める力はあまりにも強すぎた。

ぼくはクモを飲みこんだ。缶詰《かんづめ》のコンビーフを丸ごと飲みこんだみたいだった。あばれながらのどを落ちていく缶詰のコンビーフだ。

やめろ、やめろ、やめろ！　こわくて気持ち悪くて、ぼくの脳《のう》は声をはりあげた。でも、トカゲの脳はよろこんでいた。そちらの脳がすこし落ちつくのが感じられた。

もうこりごりだ！　ぼくは自分にいった。このモーフはおしまいだ！

このぞっとするような小さな体から抜《ぬ》けだしたかった。だれに見られたってかまわない、人間のすがたにもどるつもりだった。マルコのいうとおりだ。こんなことに巻《ま》きこまれるなんて、いかれてる。どうかしてる！

そのとき、地ひびきのような音がした。巨人《きょじん》が足を踏《ふ》みならしてやってくるような音だ。

たしかに巨人だった。

空に巨大なかげが映った。まるでだれかがぼくをぺしゃんこにするために、頭の上にビルを丸ごと落とそうとしているみたいだった。

靴《くつ》が降《ふ》ってきた！

あわてて左へ走る。

もう片方《かたほう》の靴《くつ》だ。

あっ、しっぽが！　ぼくのしっぽの上に靴が！　つかまってしまった！

第十七章

すっかりあわてふためいて、ぼくは逃《に》げようとした。だがしっぽがつかまっている。と、とつぜん自由になった！　これはいったい……

ようやくなにが起きたのかわかった。しっぽが切れたのだ。ふりかえると、巨大《きょだい》な靴《くつ》につかまったままのしっぽが見えた。まだ生きているかのようにくねくねして、つり針《ばり》につけられたミミズのようにのたくっていた。

靴が持ちあがり、ふたたび宙《ちゅう》を切るようにさっと動いた。

ぼくはすばやく壁《かべ》にかけのぼり、そこで息をひそめた。

巨人はぼくを見ていなかった。べつにぼくを踏《ふ》みつぶそうとしたわけではなく、たまたまのことだったらしい。それにしてもぼくのしっぽ……いや、トカゲのしっぽは……

巨人《きょじん》は、地面を揺《ゆ》るがせながら歩きつづけた。

ぼくは片目《かため》だけでそのすがたに焦点《しょうてん》を合わせた。なにが映《うつ》っているのかわからない、遊園地のびっくりミラーをのぞいているような感じだったが、それでもそれがチャップマンだということはわかった。

チャップマンが廊下《ろうか》を歩いていく。ぼくは力をふりしぼって、トカゲの体にあとをつけるよう命じた。

おなかのなかにいるクモのことも、それがまだ完全《かんぜん》には死んでいないということも考えないようにした。自分の体の一部が床《ゆか》に残《のこ》って、まだ生きているかのようにぴくぴく動いているということも考えないようにした。そしてひたすらチャップマンのあとを追った。

トムを助けるのに役立つ情報《じょうほう》を、チャップマンがなにかもらすかもしれないからだ。ぼくは教頭室までついていくつもりだった。机《つくえ》の下に隠《かく》れて、チャップマンが電話をするのをきく。そのうちにきっと、イェルク・プールのありかについてなにか口をすべらすだろう。

この話をしたときキャシーは、なにかわかるまで何日も教頭室に隠れていなければならないかもしれないといった。変身《へんしん》していられるのは二時間だけだし、さらにそのあいだは授業《じゅぎょう》をさぼることになる。遅《おそ》かれ早かれ、まずいことになるだろうと。

おおいに笑《わら》えるのは、授業《じゅぎょう》をさぼっているのが見つかると、教頭先生のところへ呼《よ》びだされるってことだ。

つまりチャップマンのところへ。

こんな光景《こうけい》が想像《そうぞう》できた……ごめんなさい、ぼくは授業をさぼりました、チャップマン先生。でもトカゲになって先生を見張《みは》っていたのは、あなたが寄生者《きせいしゃ》で、地球征服《ちきゅうせいふく》という大がかりな陰謀《いんぼう》をたくらむエイリアンの一味だってことを知っているからです。

笑いたいところだったが、トカゲは笑えない。そこでひたすら、廊下《ろうか》を歩いていくチャップマンを追いかけた。

ふいにチャップマンが立ちどまった。教頭室に着いたのだろうか？

せいいっぱいまわりを見まわした。教頭室のようには見えなかった。クモがおなかのなかで足をばたつかせた。

チャップマンがドアを開けた。大きな風が起こり、ぼくのすぐ上でドアがさっと開いて、床《ゆか》にしがみついたぼくの真上をかすめていった。

自分がなにを見ているのか、必死《ひっし》で考えようとした。待てよ！　ここはそうじ用具をしまう物置《ものおき》じゃないか。モップやバケツや洗剤《せんざい》がごちゃごちゃ置《お》いてある。チャップマンはいったいなにを……？

チャップマンはなかへ入っていき、ぼくもあとを追った。高い革《かわ》の壁《かべ》――チャップマンの靴《くつ》だ――に近づかないように気をつけながら。

かちりという大きな音がした。チャップマンがカギをかけたのだ。

ずっと高いところで、チャップマンが流し台の蛇口《じゃぐち》をいじっているのがなんとか見えた。それから、よごれたモップをかけるのに使うフックをつかんだようだった。それをひねったのはまちがいない。ギーッという音がしたからだ。

するとおどろいたことに、壁が開いたのだった。

壁のあったところに戸口《とぐち》ができた。戸口のなかからは奇妙《きみょう》なにおいと、さらにもっと奇妙な音が漂《ただよ》いだしてきた。

チャップマンはなかへ入った。入ったすぐのところに階段《かいだん》があって、紫《むらさき》色に照《て》らされた穴《あな》へとつづいていた。

はるか遠く、百キロもはなれたような下のほうから、かすかな音がきこえてくる。悲鳴だ。それは恐怖《きょうふ》と絶望《ぜつぼう》の叫《さけ》びだった。人間の声が、そのおそろしい暗やみの奥《おく》で叫んでいるのだった。

「やめてくれえええ！」とその声はうめいていた。「やめてくれええ！」

ぼくにはその悲鳴の意味がわかった。なにが起きているのかがわかった。その穴の下のど

こかでひとりの人間が、イェルクのナメクジ野郎《やろう》に脳《のう》をなかを這《は》いずりまわられるのを感じているのだ。穴《あな》の下のどこかでひとりの人間が、イェルクの無力《むりょく》な奴隷《どれい》にされようとしているのだ。

チャップマンが階段《かいだん》を下りはじめた。

ドアが閉《し》まった。

ぼくはイェルク・プールを見つけた。

それはぼくの学校の真下にあったのだ。

第十八章

「叫《さけ》び声だよ」とぼくはいった。「人間の悲鳴《ひめい》だ。遠くできこえたけど、でもまちがいない」

みんなはぼくを見た。マルコだけはそっぽを向いた。その日の午後、学校が終わってすぐのことだった。ぼくたちはショッピングモールに行った。いちばんあやしまれないだろうと考えたのだ。ショッピングモールなら、子どもどうしでいてもだれも変《へん》だとは思わない。

ぼくたちは飲食コーナーで、ナチョスを分けあって食べていた。クモを食べてからというもの、ジャンク・フードを山ほど食べてなんとか忘《わす》れてしまいたいとずっと思っていたのだ。

「そのときおまえはトカゲだったんだぞ」とマルコが指摘《してき》した。「なにをきいたかなんて、だれにわかるんだよ?」

「ぼくにはわかる」

「そこでみんながどんな目にあっているのかと考えると、たまらないわ」キャシーは身ぶるいした。「ひどすぎる」

「なんとかしなくちゃ」とレイチェルもいった。

「ああ、すぐにそこへ下りていくとしよう」とマルコがいった。「そしたら、こんどはぼくらが悲鳴をあげることになるから」

もうナチョスは食べたくなくなっていた。

「マルコ、じっさいに起きていることに知らん顔をしてるわけにはいかないでしょ」とレイチェルがいった。

「いや、いくさ。こう思い出せばいいんだけだもん、死にたくないってね」

「そうね、それで?」レイチェルは憤慨《ふんがい》して問いつめた。「マルコさまさえよければどうだってかまわない、って?」

「マルコは自分勝手《かって》なわけじゃないと思うわ」とキャシーがいった。「その反対《はんたい》よ。お父さんのことを考えてるんだもの。万一《まんいち》、自分の身になにか起きたら、お父さんがどうなるかって……」

「心配しなきゃいけない家族がいるのはマルコだけじゃないわ」とレイチェルはいった。

「わたしにだって家族はいる。みんなにだっているでしょ」

「ぼくにはいないけど」とトバイアスがそっといって、悲しげにゆがんだ笑《え》みを浮《う》かべた。

「ほんとさ。だれもぼくのことなんて、気にもかけてないんだ」

「わたしは気にかけてるわ」とレイチェルがいった。

レイチェルがそんなことをいうとはおどろきだった。レイチェルは感傷的《かんしょうてき》なほうではないからだ。

ぼくはいった。「いいかい、いっしょに行ってくれと頼《たの》んでるわけじゃない。だけどぼくは行かないわけにいかない。きょうあの悲鳴をきいて、しかも今夜トムがあそこに下りていくのを知ってるんだから。ぼくの兄貴《あにき》なんだ。なんとか助けなくちゃならないんだよ」どういえばいいかわからなくなって、ぼくは両手を広げた。「やらなくちゃならないんだ。トムのために」

「いっしょに行くよ」とトバイアスがいった。「アンダリテのために」

「イェルクを阻止《そし》する力になれるのは、わたしたちのほかにはいないのよね」とレイチェルがいった。「考えるだけでも死ぬほどこわいけど。でも行くわ」

マルコは気分が悪くなったような顔をしていた。じろりとぼくをにらみ、首をふるといった。「ひどい話だ。最悪《さいあく》だ。トムのことでなかったら、すぐに帰ってたところだ」

「なあ、マルコ、べつに――」とぼくはいいかけた。

「もういい！」とマルコはどなった。「おまえはぼくの親友だろうが、このまぬけ。こんな事態《じたい》に、おまえひとりを立ち向かわせられるか？　やるよ。やってやろうじゃないの、トムを助けるために。助けたらおしまい。これっきりだ」

　キャシーだけがなにもいわずにだまっていた。ショッピング・モールの人ごみの上を、夢《ゆめ》みるような表情《ひょうじょう》でながめている。「ねえ、むかしは――ほんとにずっとむかしってことだけど、アフリカ人も、ヨーロッパ人も、アメリカ先住民《せんじゅうみん》も……みんな動物には霊力《れいりょく》があると信《しん》じてたのよ。そしてその霊力に、邪悪《じゃあく》なものから身を守ってくれるように頼《たの》んだの。キツネの霊にはそのかしこさを、ワシの霊にはその視力《しりょく》を、ライオンの霊にはその強さをあたえてくれるように頼んだのよ。

　わたしたちがしていることって、なんというか、むかしながらのことなんじゃないかしら。それを可能《かのう》にしたのは、たしかにアンダリテの科学技術《かがくぎじゅつ》だけれど。わたしたちはいまもおびえたちっぽけな人間で、キツネの頭脳《ずのう》やワシの視力《しりょく》を借《か》りようとしている……それともタカの視力かな」キャシーはトバイアスを見て、にっこりしてそうつけ加《くわ》えた。「それにライオンの強さでしょ。何千年もむかしとおなじように、邪悪なものから身を守るために動物に助けを求《もと》めているんだわ」

「その力はじゅうぶんかな？」とぼくはあやしく思いながらいった。

「わからないわ」キャシーはまじめくさってこたえた。「地球《ちきゅう》という星がむかしから持つ力を総動員《そうどういん》して、戦《たたか》いにいどむようなものね」

マルコが目をぐるりとまわした。「けっこうなお話でした、キャシー。だけどぼくたちは五人の平凡《へいぼん》な子どもだからね。そのぼくたち対《たい》イェルク。フットボールの試合《しあい》だったら、どっちが勝つほうに賭《か》ける？ ぼくたち、あっさりやられるよ」

「そう決めつけるものじゃないわ」とキャシーはいった。「母なる地球のために戦うのよ。きっとなにか奥《おく》の手があるはずだわ」

「まいったね」とマルコはいった。「みんなで健康靴《けんこうぐつ》を買って、木の幹《みき》を抱《だ》きしめよう」

全員が、キャシーもいっしょになって笑《わら》った。

「ある意味でキャシーのいうことは正しいわ」とレイチェルが真顔《まがお》になっていった。「わたしたちの力になってくれるのは、動物に変身《へんしん》するこの力だけよ。いままでのところわたしたちが変身できるのは、ネコ、鳥、犬、馬、それにトカゲだけでしょ。もうちょっと破壊力《はかいりょく》のあるものが必要《ひつよう》なんじゃないかしら。ガーデンズに行きましょう。もっとたくさんのＤＮＡを手に入れなくちゃ。なかなか手に入れにくい動物のＤＮＡを」

ぼくはうなずいた。「そうだね。タカと馬とトカゲのチームじゃ、イェルクをうならせることはできないだろうからね。レイチェルのいうとおりだ。ガーデンズに行こう。母なる地球のもっともっと強い生き物の力を借《か》りなくちゃね」ぼくはキャシーを見た。「ぼくらを入れてもらえるかな？」

「わたしは無料《むりょう》で入れるんだけど」とキャシーはいった。「あなたたちは料金《りょうきん》を払《はら》うことになるわね。でも、ママの従業員割引《じゅうぎょういんわりびき》を使えるから、安くなるわ」

「なあに、ただで入れてもらえる方法《ほうほう》があるよ」とマルコがいった。「ぼくらはアニモーフですっていうだけでいいのさ」

「ぼくらはなんですって？」とレイチェルがたずねた。

「命知らずのおろかなティーンエイジャーだよ」マルコはいった。

「アニモーフか」口に出していってみた。けっこういい感じだった。

第十九章

ぼくらはショッピング・モールからちょくせつ、町の反対側《はんたいがわ》にあるガーデンズ行きのバスに飛《と》び乗った。ぼくはバスのなかで、授業《じゅぎょう》の遅《おく》れを取りもどそうとした。その日はずいぶん授業を抜《ぬ》けてしまったから、みんなからノートを借《か》りた。レイチェルはかんぺきなノートを取っていた。トバイアスのノートは、余白《よはく》にいろんな落書《らくが》きのあるひどいものだった。いったいなんの絵なのか、しばらく見ていてようやくわかった。上空から見おろした建物《たてもの》や人や車だ。

「ぼくは行かなくてもいいんだけどな」入場券《けん》を買うために、なけなしのお金をみんなで出しあっていると、トバイアスがいった。「いまのタカのモーフで満足《まんぞく》だもん。ほかのものにはなりたくないよ」

「そういうのがまちがいのもとだと思うわ」とレイチェルがいった。「わたしたちの唯一《ゆいいつ》の武器《ぶき》はモーフの能力《のうりょく》だけなのよ。できるだけたくさん、役に立つ動物に変身《へんしん》できるようにしておくべきよ」

「ヴィセル・スリーがアンダリテを食べたときのあのでかい怪物《かいぶつ》に変身した場合、太刀打《たちう》ちできるのはどういう動物だろう？」とぼくはいった。あんな巨大《きょだい》な怪物をやっつけられるような動物は、ガーデンズだろうと、よそのどんな動物園だろうと、いるわけがない。

マルコがウィンクした。「ノミかな？　ノミは殺《ころ》せないだろ。怪物もかゆさのあまり死ぬかもよ」

ぼくは思わずにやりとした。「こんどはとつぜん戦《たたか》いに前向きになったのか？」

「いいや、おそろしすぎておかしくなっちゃったのさ」とマルコはいった。「ぼくはそのモーフってのをやったことがない。きみらはみんなある。ぼくはまだ一人前のアニモーフですらない。まだふつうの人間のままだ」

「わたしも、自分はまだふつうだって気がするけど」とキャシーが心配そうにいった。

「キャシー、きみは馬に変身できるだろ」とマルコはいった。「ふつうの子どもにはまずそんなことはできない。ジェイクがトカゲになるのはまたべつだけど。こいつはふだんから爬虫類《はちゅうるい》みたいなやつだから」

ぼくはふざけてマルコに殴《なぐ》りかかったが、よけられた。マルコがいっしょにいると気楽でいい。ちょっと気まぐれなところのあるやつだけど。

三十分ほどでガーデンズの正面入口に到着《とうちゃく》した。ぼくは不安な気持ちでバスを降《お》りた。いつもとは大ちがいだ。つまり、いつものぼくならガーデンズにはよろこんで入っていくところだ。だけどいつもは危険《きけん》な動物とじかに接触《せっしょく》するために行くわけじゃないからね。

ガーデンズの売りは乗り物で、たいていのものがあった。ぼくはジェットコースターがいちばん好《す》きなんだけど、大観覧車《かんらんしゃ》やウォータースライダーなんかもあった。

そのほかに動物のいる一画《いっかく》があって、まあ動物園みたいなものだが、ふつうの動物園よりおしゃれな感じだった。イルカショーがあり、おだやかな動物なら、近くまでよれるコーナーもある。サルの檻《おり》なんて、じっさいのところサルの町みたいなもんだ。ともかく、ぼくが動物で、動物園に入れられるんだとしたら、ここがいいと思うような場所だった。

ぼくらはキャシーに連《つ》れられて本館《ほんかん》へ向かった。ここでは、広いスペースが必要《ひつよう》な大きな動物をのぞいた、ありとあらゆる動物が展示《てんじ》されている。大きな動物のほとんどは、その向こうの、公園のように見える大きなガラス張《ば》りの区域《くいき》にいる。壁《かべ》と堀《ほり》とフェンスにかこまれた広い場所だ。

本館は熱帯雨林《ねったいうりん》ふうにしてあった。つねにあたたかい環境《かんきょう》が必要な動物が飼《か》われている。

くねくねとつづく通路《つうろ》にも、熱帯《ねったい》の樹木《じゅもく》が高くそびえていて、それぞれの展示室《てんじしつ》のあいだのあちこちに低木《ていぼく》の茂《しげ》みがあった。

展示室はうんと小さなものもあれば、カワウソのいるコーナーのようにすごく大きなものもあった。そこには滝《たき》があり、カワウソが遊べるように水中すべり台もついていた。

カワウソの飼育室《しいくしつ》の近くで、キャシーが立ちどまった。「いいわ、それじゃみんなかたまって、あんまりあやしく見えないようにしてね。これからなかへ案内《あんない》するから」

「なんのなかへ？」とマルコがたずねた。

「ええとね、ここはすべての展示室の裏側《うらがわ》に通路があるの。そこから動物にエサをやったり、投薬《とうやく》したりするのよ。投薬ってクスリをやるってことだけど」そういって、キャシーは目立たない戸口《とぐち》を指さした。「とにかく、このなかを通っていけるのよ」

なかへ入ると奇妙《きみょう》な感じがした。いま、つくりものの熱帯雨林のなかにいたと思ったら、つぎの瞬間《しゅんかん》には学校の廊下《ろうか》のような場所にいるんだから。学校よりもひどいのはにおいで、湿《しめ》ったようなカビくさいにおいがした。男子のロッカー室みたいだ。

「いいわね、もしも従業員《じゅうぎょういん》に呼《よ》びとめられたら、うちのママに会いに来たってことにするのよ」とキャシーがいった。「もちろん、こんな夕方だからママはもういないだろうけど。そうであってほしいわ。だって、こんなところに友だちを四人も引き連《つ》れてきたなんてばれたら……。自分が外出禁止《きんし》になったら、エイリアンの侵略《しんりゃく》から地球《ちきゅう》を守ることなんてできないもんね。ほんとは従業員《じゅうぎょういん》もあんまりいないといいんだけど」

ぼくらは場ちがいな気分でぎこちなく通路《つうろ》を歩いていった。場ちがいなのはほんとうだった。広い廊下《ろうか》の両側《りょうがわ》に、それぞれの展示室《てんじしつ》へつづく通路《つうろ》があった。残念《ざんねん》ながら展示室の入口には番号がついているだけで、どれがめざす場所なのかを知るには、キャシーの知識《ちしき》に頼《たよ》るしかなかった。ドアの向こうには、不用意《ふようい》に入っていって出会ったりしたくない動物がいるかもしれないのだ。

「ねえ、ゴリラはどうかしら？」番号のついたひとつのドアのまえに立ちどまると、キャシーがいった。「ここはビッグ・ジムの檻《おり》なの。よその動物園から移《うつ》ってきたところだから、しばらくほかのゴリラからはなして個室《こしつ》に入れてあるのよ。とってもおとなしいわ」

キャシーがなんの話をしているのか、すぐにはわからなかった。「そうか。つまり、ぼくらのうちのだれかがゴリラのＤＮＡを手に入れるってことだね？」

「そのためにここに来てるんじゃないの、ジェイク」とレイチェルが突《つ》っこみ、マルコに向かって目をぱちぱちさせながらいった。「どう、マルコ？　ずっと毛むくじゃらの大男になりたかったんじゃないの？」

マルコは、その思いつきにはあまり気が乗らないように見えた。が、ぼくはマルコの扱《あつか》いかたを心得《こころえ》ていた。

「マルコの最初《さいしょ》のモーフには、もっとかんたんなもののほうがいいんじゃないかな。ほら、だっこできるかわいいコアラとかさ」

　効果《こうか》はてきめんだった。

「コアラだと？」ぼくをにらみつけながら、マルコはいった。「ドアを開けてよ、キャシー」そこでちょっとためらった。「おとなしいっていったよね？」

「ゴリラっていうのは、この上なくおとなしい生き物なのよ」とキャシーはこたえ、それから落ちついた声でこうつけ加《くわ》えた。「おこらせないかぎりはね」

　リュックサックを開けると、キャシーはリンゴをひとつ取りだして、マルコにわたした。

「はい。ドアを開けるけど、檻《おり》のなかまで入らないかぎり、見物人からは見えないつくりになってるから。それに、もうひとつ安全扉《とびら》があるから、ジムも飛《と》びだせないし、こっちからも入っていけないようになってるわ。だからドアを開けて、ビッグ・ジムがリンゴをほしがってくれることを願《ねが》うのみよ」

　ドアの向こうにはもうひとつ鋼《はがね》の柵《さく》のついた戸があって、飼育係《しいくがかり》がエサをさし入れるための小さい口があけてあった。戸全体の出入り口はつくりものの岩棚《いわだな》のかげに隠《かく》れていて、檻をのぞきこんでいる見物人からは見えないようになっていたが、ビッグ・ジムはすぐにぼくらに気づいた。岩棚《いわだな》の上からよっこらしょとばかりに下りてきて、柵《さく》ごしにじっとこちらを見つめた。

たしかにビッグだった。指はぼくの手首ほどの太さだ。ジムはぼくらがそこにいることなど気にもかけていないようだった。興味《きょうみ》があるのはマルコの持っているリンゴだけらしく、じろりとマルコを見ると、たいしたことないな、というように鼻を鳴らし、それから手をさしだした。

「リンゴをわたして」とキャシーが指図《さしず》した。「リンゴをほしがってるのよ」

「『キングコング対《たい》ゴジラ』での活躍《かつやく》ぶり、よかったですよ」とマルコはジムに向かっていい、柵のあいだから手を突《つ》っこんでリンゴをさしだした。ゴリラは意外にも上品なしぐさでリンゴをつかみあげ、じっくりと調べはじめた。

「手をにぎるんだ」とぼくはいった。

「ああ、そうだな」そういいながら、マルコは笑《わら》った。

「DNAを手に入れるときには、動物は催眠状態《さいみんじょうたい》におちいるから」とぼくはいった。「さあ、ジムの手をにぎって、気持ちを集中させるんだ」

マルコはおずおずとゴリラの手首にさわった。「かっこいいおサルさん」ゴリラはマルコを無視《むし》した。ぼくらなんかよりも、リンゴのほうがずっと気になるようだった。

「集中して」とレイチェルが催促《さいそく》した。

マルコが目を閉《と》じると、ゴリラも目を閉じた。

「ほんとにすごいよね」とトバイアスがいいだした。「ゴリラはマルコのこと、紙人形かなにかみたいにズタズタにすることだってできるのにね。あの腕《うで》を見てよ！」

マルコが片目《かため》を開けた。「トバイアス？　びくついたら集中のじゃまになるだろ。腕の話はいいから、その口を閉じててくれないかな？」

そのとき、ブーンというような音がきこえてきた。ぼくは廊下《ろうか》をのぞいた。ゴルフカートみたいな、作業用《さぎょうよう》の電動カートだった。それがこちらへ向かってくる。

「自然《しぜん》にふるまって」とキャシーが声をひそめていった。マルコがするりと出てくると、キャシーはビッグ・ジムの目のまえでドアを閉じた。「警備員《けいびいん》じゃないかぎり、だいじょうぶだと思うわ」

カートが近づいてきた。乗っていたのは、ジーンズをはき、しみのついた褐色《かっしょく》のジャンパーを着た男だった。カートのうしろには大きな白いプラスチックのバケツがふたつのっていて、茶色くてひどいにおいのするものがいっぱいに入っていた。「やあ。キャシー、だったよね？　先生とこの。元気かい？」

「元気よ」キャシーがそうこたえてさり気《げ》なく手をふると、相手はそのまま通りすぎていった。

「かんたんだったわね」とレイチェルがいった。「わたしたちがこんなところにいるのに、変《へん》だとも思わなかったみたい」

「それじゃあ、つぎはどこへ行きましょうか？」とキャシーがいった。ちょうど十字路《じゅうじろ》になっていて、がらんとした白い廊下《ろうか》が四方に伸《の》びていた。そこにも電動カートが一台とめてあった。

「どこが近いかな？」とぼくはたずねた。

キャシーはちょっと考えこんだ。「そうね、あの通路は外の展示室《てんじしつ》につづいていて、あっちへ行くと事務室《じむしつ》と保管施設《ほかんしせつ》、こっちのふたつは本館《ほんかん》の展示室をまわる廊下になってるの。いま近いのは……ええと……コウモリとヘビがあっちでしょ、それからジャガーとイルカがこっち」

レイチェルが右のほうへ向かって歩きだした。「イルカがいいな。わたし、イルカ大好《だいす》き」

「待って」キャシーがあわててレイチェルのあとを追った。「イルカに変身《へんしん》してどうするの？」

「外に出て大きい展示室へ行ったほうがいいと思うな」とマルコがいった。「まじめに考えようぜ。攻撃力《こうげきりょく》が必要《ひつよう》なんだから。さあ行くぞ」

「かたまって行動しよう」ぼくは廊下《ろうか》を歩きだしたマルコに向かっていい、あわててその腕《うで》をつかんだ。

大きな声がしたのはそのときだった。「おい！　おい、きみたち！　子どもがこんなところでなにをしてる？」

茶色い制服《せいふく》を着た男のすがたが目に入った。

「警備員《けいびいん》だわ！」とキャシーが叫《さけ》んだ。「ああ、どうしよう、みんな事務室《じむしつ》に連《つ》れていかれるわ。ママに電話されちゃう。こんなこと、ママには説明《せつめい》できないわ」

「ばらばらに分かれるんだ！」リーダーらしくきこえるように、ぼくはいった。「工事現場《こうじげんば》のときみたいに。相手はひとりだ、ぼくら全員をつかまえることはできない」

「うちのおじいちゃんみたいな年の人よ」とレイチェルがいった。「あのとき追いかけてきたホルク・バジールとはずいぶんちがうわ」

「きみたち、待ちなさい！」

「ああ、どうしよう、どうしよう」そういうなり、キャシーが通路《つうろ》のひとつを走りだした。レイチェルとトバイアスもそのあとを追った。

マルコはすでに、べつの通路を二十メートルばかり先に逃《に》げていた。外の大きな展示室《てんじしつ》につづく通路《つうろ》だ。ぼくもそちらに向かった。

警備員《けいびいん》が角《かど》までやってきた。トバイアスと女の子たちをちらりと見て、つぎにぼくとマルコのほうを見た。マルコとぼくのほうがあやしく見えたらしい。ぼくらを追いかけはじめた。

「とまれ！　おい、とまりなさい！」

「あのゴルフカートをいただこうぜ」とマルコがいった。

「盗《ぬす》むのか？」

「ぼくたちが乗らなきゃ、あの警備員が乗るだろ」

「たしかに」

ぼくらはカートに飛《と》びのった。マルコがハンドルのまえにすべりこみ、キーをまわして〝オン〟にすると、こっちを見ていった。「遊園地のバンパーカーを運転《うんてん》するのとおなじようなもんだよな？」

「ぶつけないようにするほかはね」

マルコはペダルに足を置《お》いた。電動モーターがブーンという音をたて、カートは走りだした。まっすぐに壁《かべ》に向かって。

バン！

「おい、ちゃんと操縦《そうじゅう》しろよ」とぼくはどなった。

ぼくらはいったん下がり、また出発した。警備員《けいびいん》を引きはなせるまでに速度を上げたが、ふりかえってみると、まだぼくらのあとをのろのろと追ってくる。

「心臓発作《しんぞうほっさ》を起こすんじゃないかな」とぼくはいった。

「どっちだ？」

「えっ？」

「どっちの道だ？」

まえに向きなおると、T字路《ティーじろ》にさしかかっていた。「右だ！」とぼくは叫《さけ》んだ。

当然《とうぜん》のようにマルコは反対《はんたい》にまがり、ぼくは転げおちそうになった。

すぐにまたべつの角にぶつかり、マルコはこんどは右を選《えら》んだ。ぼくはカートから転げおちた。

リノリウム張《ば》りの床《ゆか》の上に転がったぼくは、起きあがると、あわててカートのあとを追いかけた。

「なにやってんだよ？」ぼくを見るなりマルコはいった。「ふざけるのはやめろよ」

ぼくはただマルコをにらみつけ、カートに乗りこんだ。

「警備員《けいびいん》をまいたみたいだな」とマルコはいった。

「ぼくはだいじょうぶだよ、ご心配《しんぱい》ありがとう」とぼくはいった。「ちょっとあざができたくらいだ。頭蓋骨《ずがいこつ》にひびも入ったかな。なにも心配はいらない」

「ここはどこだろう？」

「見たこともないほど長いトンネルだな」とぼくはいった。ほんとうにどんどんトンネルみたいになっていった。床《ゆか》はあいかわらずリノリウムで、壁《かべ》もしっくい塗《ぬ》りだったが、照明《しょうめい》はだんだんまばらになってゆき、まるで地下にいるような気分になった。

「あとのみんなはつかまったのかな」とマルコがいった。「イェルクをやっつけようなんてどうかしてるって、これでわかっただろ？　だってさ、動物園の警備員《けいびいん》をやっつけるので、こんなにせいいっぱいなんだから」

「まだだれもやっつけてない」とぼくはぶっきらぼうにいった。「見ろよ！」

前方には、茶色い制服《せいふく》すがたの男がふたり立っていた。

「ひょっとしたら、ぼくたちのことがわからないかもよ」とマルコはいった。「正規《せいき》の従《じゅう》業員《ぎょういん》だと思うかもしれない」

「もしかするとね。だけどしっかり見られたらおしまいだ」ぼくは指をさした。「わき道だ。あっちへ行こう」

ぼくらはまがった。とたんに警備員がわめきだした。わき道はせまくなり、ゴルフカートでは進めなくなった。

「脱出《だっしゅつ》だ！」

ぼくが飛《と》びおりると、マルコもあとにつづいた。広い通路《つうろ》を走ってくる警備員《けいびいん》の足音がきこえた。そのふたりはさっきの老人《ろうじん》よりもいい体つきをしていたし、まともに走れるようだった。

きゅうに行きどまりになった。ドアがふたつ、ひとつは左側《ひだりがわ》に、もうひとつはもうすこし先の右側にあった。それぞれにＰ２０１、Ｐ２０３と番号がついていたが、それではなんのことだかわからない。

「どっちか選《えら》べ」とマルコがいった。

ぼくは深呼吸《しんこきゅう》をし、「第一のドア」といいながら、Ｐ２０１を開けた。新鮮《しんせん》な空気がさっと吹《ふ》きつけ、太陽の光に目がくらんだ。ぼくは明るさに慣《な》れようと目をぱちぱちさせた。

サイも目をぱちぱちさせた。

「あああ！」ぼくは叫《さけ》んだ。

「あああ！」マルコも叫んだ。

ぼくらはあわててあとずさり、ドアをぴしゃりと閉《し》めた。

「まずいドアだった！」とマルコがいった。

「たしかにまずかった」とぼくもみとめた。

た。

「おい、きみたち！　そこから動くんじゃない！」

警備員《けいびいん》たちがわき道の端《はし》まで来ていた。「第二のドアを開けるしかない！」とぼくはいった。

「よし！」

ぼくらはドアを開け、なかへかけこんだ。

あたり一面に木々が茂《しげ》っている。木々と草だ。太陽は木にさえぎられてかげになっているが、光が葉のあいだからもれていた。向こうには低木《ていぼく》があり、さらに芝生《しばふ》が広がっている。

「ここはどこだろう？」とマルコがいった。

「ぼくにわかると思うか？」

あたりに注意ぶかく目を配りながら、ぼくらは低木のあいだを抜《ぬ》けて進んだ。動物のすがたはどこにも見えなかった。木の上に鳥が何羽《なんば》かいるばかりだ。

「おい、人がいるぞ！」マルコが低木のかげにうずくまって指をさした。

手すりの向こうに人々が並《なら》んでいた。高いところにいる。それともぼくらが低いところにいるのか。もっとよく見ようと、ぼくは茂みをかき分けた。コンクリートの高い壁《かべ》のてっぺんで、人々が手すりにもたれている。低木の茂みのせいで、ぼくらのすがたは見えていないようだった。が、みんなたしかになにかをじっと見つめている。

「なにかの展示《てんじ》室《しつ》に入りこんだことはまちがいない」とぼくはいった。「あの人たちは……なんだかわからないけど、ここのなかにいる動物を見物してるんだ。さっきのサイじゃなければいいけど。あれじゃ、あまりにでっかすぎるよ」

「どうやったら出られるだろう？」

「さあ。とにかくドアからははなれとこう。あの警備員《けいびいん》たちが追いかけてきてるかもしれないから」そうはいったものの、こころのどこかでこう思っていた——おや、あの警備員たちはどうしてまだ追いかけてこないんだろう？

マルコとぼくは、低木《ていぼく》の茂《しげ》みや大きな木の根もとを這《は》うようにして進み、上にいる見物人からは見えないようになっている壁《かべ》のすみまでやってきた。

「やたらと高い壁だな」とマルコがいった。「十メートルはある。こりゃまずいぞ。壁が高いのには理由があるわけだから。ここには、逃《に》げられちゃこまるなにかがいるってことだ」

ぼくは壁をしげしげとながめた。五十メートルほどはなれたところに鋼鉄《こうてつ》のはしごがひとつ、コンクリートに埋《う》めこまれていた。「出口はあれだけみたいだな」

「ちょっときくけど、警備員はどうしてまだ追っかけてこないんだ？　つまりさ、これがシカとかレイヨウなんかの展示室だったら、警備員はすぐに入ってくるんじゃないか？」

「パニックになっちゃだめだ。考えよう。どうして警備員が入ってこないのかは考えないようにするとして」そういいながら、低木《ていぼく》のかげにあとずさった。「そもそもここには、なにもいないのかもしれないし」

ぼくはしゃがみこんだ。

おしりになにかあたたかいものがさわった。

その瞬間《しゅんかん》、たいへんなことになったという気がした。目を上げてマルコを見た。マルコはいつも、浅黒い日焼《ひや》けしたような顔色をしている。それが白くなっていた。目も大きく見開かれていた。

「マルコ」ぼくはゆっくりと、きわめてしずかな声でいった。「ぼくのうしろになにかいる？」

マルコはうなずいた。

「それはなにかな、マルコ？」

「うん……いいか、ジェイク？　トラだよ」

第二十章

正確《せいかく》には、オスのシベリアトラだった。体長三メートル、体重三百キロの体に、すさまじいスピードと信《しん》じられないほどの力を秘《ひ》めた生き物だ。

テレビでたまにやってる、むかしのターザン映画《えいが》を知ってるだろう？　ターザンがトラと格闘《かくとう》するやつだよ。でもってターザンが勝つやつ。いいかい、トラと格闘して生き残《のこ》る可能《かのう》性《せい》がどの程度《ていど》のものか、知りたかったら教えてあげるけど、きっとエンパイアステートビルの上から飛《と》びおりて、命が助かるのに等《ひと》しいだろう。

「いい考えがある」とマルコがふるえ声でいった。「ここを出よう」

「走っちゃだめだ」とぼくはいった。「トラの注意を引くかもしれないから」

「もう気づいてると思う」とマルコはいった。「ぼくらがここにいるのはわかってると思うよ、ジェイク。こっちを見てる！　あの歯を見ろよ！」

「落ちつくんだ！　いい考えがある。モーフだよ。DNAを手に入れれば、トラは催眠状態《さいみんじょうたい》におちいる」

「手に入れる？　なにを？　あいつがなにかくれるわけないだろ。手に入れるのはトラのほうで、おまえは入れられるほうだ。おまえのしりを夕食にするってさ！　おまえを獲物《えもの》にして、骨《ほね》を吐《は》きだすんだぞ」

ぼくはごくりとつばを飲んだ。トラにさわろうとしたが、手のふるえがひどくてできなかった。二回ばかり深呼吸《しんこきゅう》をしてみた。気持ちが落ちつくときいたことがあったからだ。きっと効果的《こうかてき》なんだろう――トラの上に座《すわ》りこんでいるのでないかぎりは。そういう場合はもう、なにをしたところで落ちつくのはむりだ。

「やあ、トラさん」ぼくはささやきかけた。

トラはただじっと見ていた。いかにもものうげな〝べつにかまわん〟というような表情《ひょうじょう》をしている。まったくの、徹底《てってい》した、完全なる自信《じしん》の表情だ。ぼくのことをおもしろがっているようですらあった。ぼくがガタガタと身ぶるいしているのを見て楽しんでいるみたいだ。

「どうか殺《ころ》さないでください」とぼくはいった。

「ぼくのこともです」とマルコがつけ加《くわ》えた。

ふるえる手をトラのほうへ伸《の》ばした。トラがぼくの手の動きを目で追っている。わき腹《ばら》にさわると、呼吸《こきゅう》に合わせて上下していた。

「集中しろ」とマルコがささやいた。

ぼくの意識《いしき》はもうすっかりトラに集中していた。その歯に、そしてうすいオレンジと黒の毛皮《けがわ》の下の、波打つ筋肉《きんにく》に。トラがその大きくてがっしりした前足をひとふりすれば、ぼくの頭はサッカーボールのように芝生《しばふ》の上を飛《と》んでいくだろう。

トラの呼吸《こきゅう》がゆるやかになった。ちょっとまばたきをしてから、目がゆっくりと閉《と》じた。

「催眠状態《さいみんじょうたい》はどれくらいのあいだもつんだ？」とマルコがそっとたずねた。

「ええと、手をはなしてから十秒くらいかな。ホーマーのときはそうだった」

「十秒？　十秒か？」

「ああ。だから逃《に》げる準備《じゅんび》をしてろよ」

「逃げる準備ならとっくにできてるよ！」

手をはなしかけ、そこで一瞬《いっしゅん》とまった。不思議《ふしぎ》な瞬間だった。そのときはじめて自分のしていることの意味を実感《じっかん》したのだ。ぼくははっとした。このトラがぼくの一部になろうとしている。その力と自信《じしん》がすべてぼくの一部になろうとしているのだ。

「みごとな生き物じゃないか？」とぼくはいった。

きっと皮肉《ひにく》をいうと思ったのに、マルコはこうこたえた。「うん。たしかにすばらしい」

それからつけ加《くわ》えた。「だけど、どうしてトラが百獣《ひゃくじゅう》の王なのかってところを見せつけられるまえに、ここから出ようぜ」

「それはライオンだろ」とぼくはいった。「百獣の王と呼《よ》ばれてるのはライオンだよ。でも、それはトラのまえではだまっとこう。準備《じゅんび》はいいか？」

マルコはうなずいた。

「いまだ！」

ぼくは跳《は》ねるように立ちあがり、マルコといっしょにはしごに向かって突進《とっしん》した。頭のなかで、一秒、二秒、三秒と数えながら。

なにかがさっと動いた！　オレンジと黒のぼんやりした物体《ぶったい》だ！

その瞬間《しゅんかん》、わかった。なんてこった。ここにいるトラは一頭だけではなかったのだ。上にいる見物人のあいだから悲鳴があがった。茂《しげ》みから出たので、ぼくたちのすがたが見えたのだろう。

マルコが飛《と》びあがり、はしごの横木をつかむとよじのぼりはじめた。〇・一秒ほど遅《おく》れてぼくもそのあとを追った。トラが跳《は》ねあがった。ぼくの足のわずか数センチ下のコンクリート壁《かべ》をその爪《つめ》が引っかいた。トラはうなり声をあげた。にぎっている横木が震動《しんどう》した。

ガオオオオウ！

なんて声なんだ！　その声はあたりにひびきわたり、さらに反響《はんきょう》した。ぼくはへなへなになってしまった。

マルコは飛《と》ぶようにはしごをかけあがり、壁を這《は》いあがった。ぼくもすぐあとにつづいた。うなり声をあげたトラに狙《ねら》われた場合、どれほど速《はや》くはしごをかけのぼれるものか、それはもうおどろくほどだ。

「あそこだ！」と叫《さけ》ぶ声がした。「つかまえるんだ。とまれ！」

警備員《けいびいん》だ！　すくなくとも三人はいる。

「モーフするか？」とマルコが大声で呼《よ》びかけてきた。

「だめだ！　人ごみのなかへ逃《に》げよう！　あっちだ！　イルカの水槽《すいそう》のほうだ」

危機一髪《ききいっぱつ》だった。警備員からほんの目と鼻の先のところで、ぼくらはなんとか人ごみのなかへ逃げこんだ。

そこまで行けば、あとは身をかがめて人ごみのあいだをくねくねと進み、警備員がぼくらを見失《みうしな》うのを待つだけだ。そうやって正面入口までたどり着いた。人ごみの上に頭が出てしまわないように、ずっと腰《こし》をかがめながら。

「あなたたち、なにやってたの？　小人《こびと》にでもモーフしたの？」レイチェルだった。ぼくのまんまえに立って、おもしろそうに見ている。トバイアスとキャシーもいた。

「警備員《けいびいん》に追いかけられたんだ」とぼくはいった。あのネコ科《か》の獣《けもの》と出くわしたためのふるえが、ようやくとまりかけたところだった。かろうじて。

「まったくもう、ふざけるのはやめてよ、ジェイク」とレイチェルがいった。「さあ行きましょう。夕飯までに帰らなくちゃ」

けっきょく、あとの三人はうまく逃《に》げていた。あっさりと警備員をまいて、モーフのためのDNAを手に入れていたらしい。そのころ、マルコとぼくの命はトラのすみかで危険《きけん》にさらされていたというのに。

なによりじれったかったのは、だれもぼくらの話を信《しん》じようとしなかったことだ。マルコとぼくはちょっとむっとした。

バスに乗りこむと、ぼくらは座席《ざせき》に文字どおり倒《たお》れこんだ。

「殺《ころ》されてたかもしれないんだぞ、ほんとに」とマルコが口をとがらせていった。「ほんとの話だ。あと数センチのところだったんだ」

「そう、どうでもいいけど、その話はもう忘《わす》れなさいよ」とレイチェルがいった。「なにしろ、まだ今夜があるんだから。さっきどれほど危険な目にあったと思っていても、今夜起きることにくらべたら、なんてことないかもしれないわよ」

「今夜か」とキャシーが首をふりながらいった。「あしたの数学のテスト勉強もしてないのに」

レイチェルが笑《わら》った。「あしたの心配をする必要《ひつよう》はないかもしれないわよ」

「そいつはどうもありがとうよ、おせっかい女め」とマルコが小さくつぶやいた。

第二十一章

「お昼から夕方まで、ずっとどこに行ってたの？」夕食のテーブルにつくと、母さんがぼくにたずねた。うちは夕食についてはとても保守的《ほしゅてき》で、みんなそろってテーブルに向かわなければならない。テレビはだめ。母さんはフリー記者で、お気に入りの番組以外《いがい》はテレビが大嫌《だいきら》いなんだ。

「どこに行ってたかって？」ぼくはきかれたことをくりかえした。「ええと……ぶらぶらしてた。ほら、マルコといっしょにぶらついてたんだよ」

「わざわざたずねる気が知れないね」と父さんがいった。「こいつのこたえはいつだっておなじ――ぶらぶらしてた、だろう」

「それじゃ父さんは、きょう職場《しょくば》でなにをしてたの？」とぼくはきいた。

「ぶらぶらしてた」そういって、父さんはぼくに片目《かため》をつぶってみせ、みんなは笑《わら》った。トムのほうをちらりと見ると、みんなとおなじようにチキンのトマト煮《に》を食べながら笑っていた。まったく自然《しぜん》に見えた。

「今晩《こんばん》なにか予定があるの、トム？」とぼくはたずねた。

「どうして？」

ぼくはさり気《げ》ないふうをよそおった。「バスケをやらないかと思ってさ。新しい動きを教えてもらえたら、チームに入るテストにもういっぺん挑戦《ちょうせん》できるだろ」

「悪いな」とトムはいった。「今夜はやることがあるんだ」

「へえ、どんなこと？」とぼくはたずねた。

「ぶらぶらする、にきまってるでしょ」母さんがいった。「ブロッコリーを食べなさい、ジェイク。体にいいんだから。ほかでは摂取《せっしゅ》できない微量《びりょう》のミネラルやビタミンがたっぷり入ってるのよ」

「わかってるよ。微量のミネラルって大好《だいす》き」ぼくはいちばん小さそうなブロッコリーをひとかけ口のなかに入れ、むりやり飲みこんだ。生きたクモを食べるのよりはましだった。

「それでトム、なにをするっていってたんだっけ？」ぼくはもういちどたずねた。

トムはぼくをじろりとにらんだ。「いちいちおまえに報告《ほうこく》しなきゃいけないのか？　予定があるっていうんでいいだろ、弟くん？」

「女の子だな」と父さんが意見をいった。「わたしにはわかる。そのへんにはくわしいんだ」

　ちがうよ父さん、女の子なんかじゃない、といいたかった。イェルク・プールに行くんだ。イェルク・プールってなにかって？　それはちょっと長い話になるんだ、母さん。

　ぼくはもういっぺんきいてみた。きっとトムの正体《しょうたい》を信《しん》じたくない気持ちがまだ残《のこ》っていたんだと思う。「ぼくとバスケをするのがこわいんじゃないの。やっつけられると思ってさ」

「ああ、そのとおり。これで満足《まんぞく》か？」トムはばかにしたようにいった。

　トムとぼくの目が合った。なにかしるしが見えるだろうか？　トムをあやつっている、利《り》己的《こてき》で邪悪《じゃあく》な生物の存在《そんざい》を示《しめ》すしるしが？　いや、見えなかった。見えればよかったのに。

　だが、だれが寄生者《きせいしゃ》でだれがそうでないかを知る方法《ほうほう》はないのだ。まったくわからない。連中《れんちゅう》を阻止《そし》するのがむずかしいのはそのためだ。寄生者はだれであっても、どこにいてもおかしくないのだ。

　自分がよく知っていると思っている人でも、慕《した》っている人でも、尊敬《そんけい》している人でも、愛《あい》している人でも。

ぼくはトムより先に目をそらして、自分の皿を見おろした。

数分後、トムは席を立った。どこへ行くのかはわかっていた。トムが出かけてしまうと、ぼくは電話をかけに二階《かい》へ上がった。そこなら両親に話をきかれることはない。マルコに電話し、「出ていったよ」と告《つ》げた。

トバイアスとレイチェルにも電話した。キャシーにもかけたが、出たのはキャシーのお母さんだった。

「キャシーはいないのよ」心配そうな声だった。「夕飯にも帰ってこなかったわ。動物にエサをやりに出て、そのままもどってないの」

胃袋《いぶくろ》がぎゅっとしめつけられるような気がした。

「きっと馬にでも乗ってるんでしょう」キャシーのお母さんを安心させるのと同時に、自分も安心しようとしてぼくはいった。「キャシーのことだから」

「馬はぜんぶ小屋に入っているのよ」

ぼくは二度ばかり深呼吸《しんこきゅう》をした。なにかがあったのだ。キャシーになにがあったんだ？

「ぼく、そのへんをさがしてきます。心配いりませんよ。きっと、けがをした動物かなにかを見つけて、助けに行っちゃったんでしょう。キャシーのことだから」と、ぼくはまたおなじことをいった。

「ええ、もちろんだいじょうぶだと思うわ」

そう。キャシーのお母さんはぼくとおなじくらい不安そうだった。だけどどうすればいい？　計画では、イェルク・プールを襲撃《しゅうげき》して、トムを助けだすことになっていた。ひょっとしたらキャシーはもう学校に着いて、待っているのかもしれない。

ひょっとしたら。

ひどくいやな予感を抱《いだ》きながら、ぼくは自転車で学校へ向かった。そして打ちあわせどおりに道の反対側《はんたいがわ》に自転車を隠《かく》し、マルコとレイチェルに合流した。

「キャシーの居所《いどころ》がわからないんだ」とぼくはいった。「そういえば、トバイアスはどこにいるの？」

レイチェルが空を指さした。太陽は急速に沈《しず》みかけていたが、天上高くに弧《こ》を描《えが》いて飛《と》んでいるトバイアスが見えた。

「どういうことだ？」ぼくはかっとなっていった。「制限時《せいげんじ》間《かん》は二時間なのに。今夜どれくらい時間がかかるかわからないっていうのに！」

「キャシーになにがあったのかわかるまで、待ったほうがいいかもしれないわね」とレイチェルがいった。

「こわくなっただけかも」とマルコがいった。「ぼくはそうだけどね」

「かもね」といったものの、そんなことはないような気がした。もっとも、だれが勇敢《ゆうかん》でだれが臆病《おくびょう》かは戦《たたか》ってみるまでわからない。

自分が臆病ものでないことを願《ねが》った。じつはもう口のなかがかわき、心臓《しんぞう》もばくばくいっていた。まだなにひとつ始めてもいないというのに。

トバイアスが急降下《きゅうこうか》してきて、レイチェルの肩《かた》の上にとまった。ぼくはちょっとびっくりした。なんでトバイアスがレイチェルの肩にとまるんだ？　レイチェルはちっともいやそうではなく、トバイアスに頰《ほお》をすりよせるような仕草《しぐさ》をした。

〈決行するの、しないの？〉とトバイアスがたずねた。

たしかに、いかにもまずい始まりかただった。胃《い》のあたりのいやな感じはどんどんひどくなってきた。キャシーはいなくなるし、トバイアスは早くも変身《へんしん》してしまっている。

みんながこちらをじっと見つめ、ぼくが決めるのを待っていた。

「ああ、決行しよう」とぼくはいった。

夜間は校舎《こうしゃ》にはカギがかかっている。が、その問題《もんだい》はマルコが解決《かいけつ》してくれていた。理科室にカギのかかっていない窓《まど》がひとつあるのを知っていたのだ。

ぼくらはその窓から理科室へ忍《しの》びこんだ。明かりはなく、沈《しず》みかかった太陽の光が、ビーカーや試験管《しけんかん》に反射《はんしゃ》してかすかに光っているだけだった。トバイアスが風のように入ってきて、教卓《きょうたく》の上に着地した。

「ちょっと見てみる」ぼくはできるだけゆっくりとドアを開けると、すきまから外をのぞいた。暗い廊下《ろうか》の先に、あのそうじ用具の物置《ものおき》が見える。ぼくはたちまち頭を引っこめた。

「あっちに人がいる！　三人の人間が物置のほうへ向かってる」

「寄生者《きせいしゃ》たちね」とレイチェルがいった。「イェルクの夕飯どきってわけ」

だれもおもしろがらなかった。

「どうやってなかへ入ればいいんだ？」とマルコがたずねた。

「ちょっと待って」レイチェルがいった。「寄生者はみんな、お互《たが》いの顔を知ってるのかしら？　つまりね、わたしたちも寄生者かもしれないじゃない？」

「すると仲間みたいな顔をして入っていくってわけか？」とマルコがきいた。「すばらしい案《あん》だ、レイチェル。もっといい案があるぜ。いますぐみんなで自殺《じさつ》して終わりにするんだ」

「レイチェルのいうとおりかもしれない」とぼくはいった。

「かもしれない、か」とマルコはいった。「めちゃくちゃあぶない〝かもしれない〟だな。トムはどうするんだ？　トムはおまえが寄生者かどうか知ってるはずだろ」

もういちどドアをすこし開いて廊下をのぞいた。「トムはもう階段《かいだん》を下りてるんじゃないかな。それに、もう廊下にはだれもいない。たぶんみんな……」ぼくはそこで口をつぐんだ。

「待てよ、だれか来る」

目をこらしてじっと見たが、暗がりのなかで人のようすを見分けるのはかんたんではなかった。ふたりの人間がいるのはわかった。ひとりは制服《せいふく》を着ている。

あの寄生者《きせいしゃ》の警官《けいかん》だった。もうひとりを乱暴《らんぼう》に引きずるようにして歩いてくる。その人影《ひとかげ》が女の子であることもわかった。

それ以上《いじょう》見たくなかった。

「トバイアス」ぼくはいった。「タカの目で頼《たの》む」

トバイアスがはばたいてやってきて、ぼくの肩《かた》にとまった。そしてタカの頭を突《つ》きだし、廊下《ろうか》をのぞいてから引っこめた。

〈うん。まちがいない〉

足もとに深い穴《あな》がぽっかりと開《あ》いたような気がした。いまにも倒《たお》れそうに見えたのだろう、マルコに腕《うで》をつかまれた。

「やつらにつかまったんだ！」ぼくは声をひそめていった。「寄生者だ。キャシーが寄生者につかまってる！」

第二十二章

「キャシーがだれに……どうして？」レイチェルがもごもごといった。

「例《れい》の警官《けいかん》だよ。キャシーのところの農場にやってきたあの寄生者《きせいしゃ》、シェアリングの会にいた警官だ。あいつにつかまったんだ。あいつ、キャシーが集会で正会員に近づこうとしたのを見てたから」

それをきいて、レイチェルはすばらしい悪態《あくたい》をついた。

まだなにも始めていないというのに、もうすでにたいへんな事態になってしまった。

「よし」ぼくはきっぱりといった。「行こう。レイチェルの案《あん》でいく。寄生者の数は多いだろうから、全員がお互《たが》いを知っているとは思えない。だって、つねに新しい宿主《やどぬし》が増《ふ》えているわけだろう？　だから、ぼくたちも新しい寄生者かもしれないわけだ、そうだろう？」

「おい、本気かよ」とマルコがうめいた。

「もっといい考えがあるのか？」とぼくはぴしゃりといった。

「ない」とマルコはいった。「行くしかないだろうな。いちかばちかだ。やってやろうじゃん」

「それじゃ、いいな。みんな落ちついていこう」ぼくはトバイアスを見た。「もとにもどってる時間はもうないけど、やつらにすがたを見られないようにな」

レイチェルとマルコとぼくは、暗い廊下《ろうか》に出た。ぼくの足はこわばり、ひざはがくがくして、まるでさり気《げ》なくふるまおうとしているフランケンシュタインのような歩きかたになった。

ぼくらはそうじ用具の物置《ものおき》に向かった。さいわい、廊下にはだれもいなかった。

物置に入ると奥《おく》へ進んだ。ぼくは秘密《ひみつ》の扉《とびら》を開く手順《てじゅん》を思い出そうとした。左側《ひだりがわ》の蛇口《じゃぐち》、それからふたつ目のフックを右にひねる。

扉がさっと開いた。

このまえよりも大きな音がした。トカゲの耳よりも人間の耳のほうがよくきこえただけかもしれないけれど。

水がはね、流れるような低《ひく》い音がきこえた。おだやかな波が岸辺《きしべ》にあたってくだけるような音だ。しかしそれは気持ちのよいほうの音で、そのほかにもうひとつ、ぞっとするような音がきこえてきた。絶望《ぜつぼう》の叫《さけ》び、おびえた悲鳴、どなり声、勝ちほこったようなかん高い笑《わら》い声。

「ほんとに、ただのイェルク・プールなんだろうな？」とマルコが不安そうにふるえる声でいった。「つのが生えてて三つまたの槍《やり》を持ったやつでも見かけたら、すぐに逃《に》げだすからな」

ぼくは穴《あな》のなかに足を踏《ふ》みいれた。階段《かいだん》は勾配《こうばい》が急で、手すりがなかったから、一歩下りるたびにまっさかさまに落っこちそうな気がした。

ぼくらはそろって下りていった。背後《はいご》で扉《とびら》が閉《し》まった。

ぼくははじめ、二十段程度《ていど》の階段だろうと思っていた。が、いつまでたっても終わらない。ひたすら下りていっても、階段はさらにつづいていた。土だった壁《かべ》がすぐに岩になり、ぼくらはどんどん、どんどん下りていった。まるで永久《えいきゅう》につづくかのようだった。

「高等《こうとう》な異星人《いせいじん》だったら、エレベーターくらいつけろよ」とマルコが小声でいった。

ぼくらはくすくす笑《わら》った。ほんのちょっとだけ。

やがてふいに岩壁が広くなり、ぼくらは巨大《きょだい》な洞窟《どうくつ》のなかに出た。

巨大なといったが、ほんとうに巨大なのだ。フットボールの優勝決定戦《ゆうしょうけっていせん》の試合場《しあいじょう》と、さらにショッピングモールがふたつ入るだけの広さはあった。かたい岩をくり抜《ぬ》いてつくった、巨大《きょだい》なおわんをさかさにしたみたいなかたちをしている。おわんのてっぺんには輪郭《りんかく》のはっきりしない穴《あな》のようなものがあり、その向こうに星が見えるような気がした。

洞窟《どうくつ》をぐるりとかこむへりのいたるところに、ぼくらが下りてきたのとおなじような階段《かいだん》が見えた。四方八方からつながっているらしく、岩壁《いわかべ》から洞窟の床《ゆか》につづいている。

ぼくらは階段の中央《ちゅうおう》にかたまって立っていた。両側《りょうがわ》は切りたった断崖《だんがい》になっている。

「こりゃすごい」とマルコがいった。「学校の下だけじゃない。町の半分はあるぜ。階段の先には秘密《ひみつ》の入口が十個《こ》はあるにちがいない」マルコは首をふった。「ジェイク、こんなすごいところに、秘密の通路《つうろ》が通じてるんだ。なんてこった。こりゃひどい……ひどすぎる……あまりにもでかすぎる……」

ぼくもおなじく絶望的《ぜつぼうてき》な気分にかられた。なんてばかだったんだろう。ぼくらが相手にしているのは、ただの悪いエイリアンのグループなんかじゃない。こんな地下の町を建設《けんせつ》できる連中《れんちゅう》だ、想像《そうぞう》もできない力を持っているにちがいない。

まさにそんな感じだった。ひとつの町だ。

洞窟のへりには、ビルや倉庫《そうこ》がずらりと並《なら》んでいた。はるか向こうでは、黄色いブルドーザーやクレーンが作業中《さぎょうちゅう》だった。この途方《とほう》もない場所で、それらは奇妙《きみょう》なほどふつうに見えた。

　そこらじゅうに生き物がいた。タクソン、ホルク・バジール、それにいったいなんなのか予想《よそう》すらつかないものもいる。

　だが、ほとんどは人間だった。おおぜいの人間がいた。

　洞窟《どうくつ》の中央《ちゅうおう》にはプールがあった。ちょっとした湖ほどの大きさがあり、直径《ちょっけい》三十メートルくらいだろうか、完全な円形をしていた。ただ、そこにたたえられているのは水ではないようだった。とけた鉛《なまり》のようにどろりとしていて、色あいもやっぱりとけた鉛に似《に》ている。さっきからきこえていた波が打ちよせるような音は、水面下ですばやく動きまわっている何百もの生き物によって、その液体《えきたい》が波打《なみう》ち、しぶきを上げる音だったのだ。

　生き物の正体はわかっていた。イェルクだ。本来《ほんらい》の、ナメクジのようなすがたのままのイェルクたち。そいつらが、暑い日にプールに入った子どもたちのように、泳ぎ、はしゃぎまわっているのだった。

　プールの近くにはいくつか檻《おり》があり、ホルク・バジールと人間が閉《と》じこめられていた。助けを求《もと》めて叫《さけ》んでいる人もいれば、だまって泣《な》いている人もいる。すべての希望《きぼう》を失《うしな》って、ただ座《すわ》って待っているだけの人もいた。大人《おとな》もいたし、子どももいた。女性《じょせい》も男性も、ぜんぶで百人以上《いじょう》いる。それがひとつの檻《おり》に十人ずつつめこまれていた。

ホルク・バジールの囚人《しゅうじん》たちは、べつのもっと頑丈《がんじょう》な檻《おり》に入れられていて、檻のなかを歩きまわり、遠吠《とおぼ》えのような声をあげ、刃《は》のついた腕《うで》をふりまわしていた。

ぼくはほとんど絶望《ぜつぼう》しかけていた。心臓《しんぞう》がとまってしまったようだった。ここは想像《そうぞう》を絶《ぜっ》する恐怖《きょうふ》の世界だった。それなのに、ぼくらはあまりにも数がすくなく、あまりにも弱い。

階段《かいだん》の下のほうに、寄生者《きせいしゃ》の警官《けいかん》とキャシーのすがたが見えた。キャシーがつまずくたびに、警官が乱暴《らんぼう》にその腕《うで》を引っぱる。ふたりはもう階段を下りきっていた。

「ぼくはモーフする。キャシーをあいつから取りもどす」

マルコがぼくの肩《かた》に手を置《お》いた。「まだそのときじゃない。落ちつけよ」

〈キャシーはだいじょうぶだよ、ジェイク〉とトバイアスがいった。〈けがはしてない。おびえてるだけだ〉

「けがなんかさせたらただじゃおかないぞ」とぼくはいった。「トバイアス、よく見張《みは》っててくれ」

プールの上には、鋼鉄《こうてつ》でできた低《ひく》い桟橋《さんばし》がふたつ張《は》りだしていた。ひとつの桟橋ではホルク・バジールの寄生者が、人間とホルク・バジールとタクソンの列《れつ》を丁重《ていちょう》に護衛《ごえい》していた。

そこはいわば積《つ》みおろしの場所だった。

人々は順番《じゅんばん》にひざをつき、まえにかがみ、ぬらぬらしたプールに頭をひたしていく。ホルク・バジールが手助けをしていた。

　ぼくらが見ていると、ひとりの女の人が落ちついたようすで、鉛《なまり》色のプールのすぐ上に頭をたれた。ホルク・バジールがひじをそっとつかんで、その体をささえた。

　そこでぼくたちは、その女の人の耳からずるずると這《は》いだしてきて、ぶらさがるものを見た。

　イェルクだった。

「ああ、まさか……」レイチェルがうめいた。いまにも吐《は》きそうな声だった。「ああ、やめて」

　気の毒《どく》な女の人の頭からすっかり出てくると、イェルクはプールにぼちゃりと落ち、波立つ水面の下へすがたを消した。

　そのとたんに女の人が叫《さけ》んだ。「このくそったれ、はなせ！　はなしてよ！　わたしは自由な人間のはずよ！　こんなことゆるさない！　奴隷《どれい》じゃないんだから！　はなして！」

　ふたりのホルク・バジールがその人をつかまえ、いちばん近いところにあった檻《おり》まで引っぱっていって、なかへほうりこんだ。

「助けて！」女の人は絶叫《ぜっきょう》した。「ああ、お願《ねが》い、だれか助けて。わたしたちを助けて！」

第二十三章

「助けて！　だれか助けて！」

下りてくるあいだにもそういう悲鳴はずっときこえていたけれど、こうやって近くまで来ると、さらにその悲鳴に人の顔が重なって、ぐさりとこころに突《つ》き刺《さ》さった。

ふたつあるうちのもういっぽうの桟橋《さんばし》は、いわば積《つ》みこみの場所だった。宿主《やどぬし》は檻《おり》からそこへ引きずってこられ、頭のなかにふたたびイェルクを侵入《しんにゅう》させられる。その手順《てじゅん》は単純《たんじゅん》だった。宿主《やどぬし》が人間でもホルク・バジールでも、その体を押《お》さえつけてプールのなかへ頭を突《つ》っこむ。

抵抗《ていこう》したり叫《さけ》んだりしている人もいたし、ただ泣《な》いている人もいたが、けっきょくはみんな負けてしまった。頭がプールから引きあげられると、ナメクジがずるずると耳のなかへ入っていくところが見えた。

数分後にはイェルクが支配力《しはいりょく》を取りもどして、人々はしずかになる。そしてふたたび、イェルクの奴隷《どれい》となって去っていくのだった。

それは積《つ》みおろし用の桟橋《さんばし》から檻《おり》へ、そして侵入《しんにゅう》用の桟橋へとつづくおそろしい流れ作業《さぎょう》だった。連中《れんちゅう》は、気の毒《どく》な犠牲者《ぎせいしゃ》たちを手ぎわよく移動《いどう》させていた。

だが、ぼくらはべつの一画《いっかく》があるのに気づいた。そこでは人間とホルク・バジールが座《すわ》り心地《ごこち》のよさそうな椅子《いす》に腰《こし》かけ、飲み物をすすり、なんとテレビを見ながら待っている。タクソンがトゲのある巨大《きょだい》なうじ虫のようにあたりを這《は》いまわっていた。

テレビの音がかすかにきこえてきた。ぼくは、人間たちのあいだから笑《わら》い声があがるのをはっきりときいた。テレビ番組を見て、愉快《ゆかい》そうに笑っているのだった。

〈あれは志願《しがん》してなった宿主《やどぬし》たちだ。協力者《きょうりょくしゃ》だよ〉とトバイアスがいった。

「どういうことだ?」とぼくはききかえした。

〈おぼえてるでしょ、アンダリテがいってたこと。たくさんの人間とホルク・バジールが自分からすすんで宿主になってるって。納得《なっとく》したうえでイェルクに支配されてるんだ〉

「そんなの信《しん》じられない」とレイチェルがいった。「こんなことをされて、だまってる人がいるわけないわ。自分を他人に支配させるなんて、ありえない」

「クズみたいな人間もいるってことさ、レイチェル」とマルコがいった。「夢《ゆめ》をこわして申《もう》しわけないけど」

〈イェルクは、自分たちを受けいれればすべての問題が解消《かいしょう》すると思わせるんだ。シェアリングの会は、たぶんそのためのものなんじゃないかな。みんな、なにかべつのものになることで、すべての悩《なや》みから逃《に》げられると思いこむんだね〉

「しょっちゅうタカになってすごすとかか」とマルコが突《つ》っこんだ。

これにはこたえようがなかったのだろう、トバイアスはつばさを広げると飛《と》びさってしまった。

「トバイアス！　もどってくるんだ」とぼくは呼《よ》びかけた。

「そろそろ移動《いどう》しなくちゃ」とレイチェルがいった。「さっきからここにつっ立って、じろじろ見まわしてるだけじゃない」それからマルコを見ていった。「トバイアスに意地悪《いじわる》をしないでよ、いいわね？　みんなで協力《きょうりょく》しなきゃならないんだから」

トバイアスがぼくらのほうへ舞《ま》いもどってきた。〈キャシーが桟橋《さんばし》にいる。侵入《しんにゅう》用のほうの桟橋だ。やつら、キャシーを宿主《やどぬし》にしようとしてるんだ〉

紫《むらさき》がかった暗がりのなかで、人間の視力《しりょく》ではそこまではっきりとは見えなかったが、警《けい》官《かん》の制服《せいふく》とその横にいる小さな人影《ひとかげ》だけはわかった。

「トムを見かけたかい？」とトバイアスにたずねた。

こたえるかわりに、トバイアスは力づよいつばさをはばたかせて高く舞《ま》いあがった。プールの上空で舞うすがたが見えたかと思うと、やがて一気に急降下《きゅうこうか》してもどってきた。

〈いたよ〉

質問《しつもん》しようとして一瞬《いっしゅん》ためらった。こたえを知りたいのかどうか、自分でもよくわからなかった。「檻《おり》のなかにいたの？　それとも……志願者《しがんしゃ》のほう？」

〈檻に入ってた〉とトバイアスはこたえた。〈監視《かんし》しているホルク・バジールに向かって、声をかぎりに叫《さけ》んでたよ〉

「やっぱり！」トムが自分からすすんで奴隷《どれい》になんかなるはずがない。やつらは殴《なぐ》ったり蹴《け》ったりして、ようやくのことでトムを宿主《やどぬし》にしたにきまっている。

〈キャシーは桟橋《さんばし》の端《はし》に連《つ》れていかれるところだ〉とトバイアスが告《つ》げた。〈イェルクがキャシーの頭に侵入《しんにゅう》するまで、あと二、三分しかない！〉

行動を起こすべきときが来た。ぼくらは階段《かいだん》のいちばん下まで下りきった。倉庫《そうこ》らしき建物《たてもの》のかげに走りこんで身を隠《かく》した。マルコがぼくをすみのほうへ引っぱっていき、そばに引きよせてからささやいた。「いいか、始めるまえに、ひとつ頼《たの》みがあるんだ、ジェイク。約束《やくそく》してほしい」

マルコがなにをいうつもりなのか、ぼくにはわかった。

「もしぼくが死ぬことになったら、それはしかたない。だけどぜったいに宿主《やどぬし》はだめだ。頭のなかにあんなものを入れさせるのだけはやめさせてくれ」

「きっとだいじょうぶ――」

「おい！」大きな声がした。人間の声だった。「そこのふたり。おまえらなにものだ？」

あわててふりむくと男がいた。ひとりだけだった。が、その横には大きなホルク・バジールがあやしむように立っており、反対側《はんたいがわ》にはタクソンがいた。

どういうわけか、レイチェルのすがたは見えなかったらしい。レイチェルは建物《たてもの》の角《かど》をまわったところにいた。男はマルコとぼくが話をしているところを見かけて、うさんくさく思ったのだろう。

「ぼくたち？」とマルコがきいた。「ぼくたちがなにものかって？　ふん、そっちはなにものなんだよ？」

「つかまえろ」と男が命じた。

ホルク・バジールがまえに進みでた。タクソンも、鋭《するど》いトゲのある何十本もの足をつかってずるずると前進してきた。ゼリーのような赤い目がぶるぶる揺《ゆ》れ、期待いっぱいに口を開いたり閉《と》じたりしている。

モーフしなければいけないのはわかっていた。が、おそろしさのあまり、動けなくなってしまった。

そのときレイチェルのすがたが見えた。寄《き》生者《せいしゃ》たちのうしろにまわりこんでいたのだ。

レイチェルは大きく、とても大きくなっていった。

第二十四章

レイチェルはものすごい速さで大きくなっていった。頭の横からごわごわした大きな耳が一気に生えてきた。鼻はどんどん伸《の》びて、ついには変身《へんしん》まえのレイチェルの身長よりも長くなった。腕《うで》と足は木の幹《みき》ほどに太くなり、口からはふたつの巨大《きょだい》なまがった牙《きば》が生えてきた。わがいとこのレイチェルは、いまや身長四メートル近く、体重六トンほどの体になっていた。

変な話だけれど、ぼくはそれを見てうれしくなった。

〈ハッハッハ！〉レイチェルの勝ちほこった笑《わら》い声がきこえた。〈どうだ！〉

ホルク・バジールとタクソンがさらに近よってきた。

レイチェルは小さな縄《なわ》のようなしっぽをふるいはじめた。前足で洞窟《どうくつ》の地面をたたき、重そうな頭を持ちあげ、一メートルの牙《きば》を突《つ》きだした。

最初《さいしょ》にそれに気づいたのは、全方向に動く赤いゼリー目を持つタクソンだった。が、どう反応《はんのう》してよいのかわからなかったらしい。

レイチェルが突撃《とつげき》を開始《かいし》した。いまそこに立っていたと思ったら、つぎの瞬間《しゅんかん》には、まるで暴走《ぼうそう》する大型《おおがた》トレーラーのように疾走《しっそう》していた。

ホルク・バジールはすばやく動いた。ぱっとふりむきざま、ひじの刀《かたな》でレイチェルの胴体《どうたい》に切りつけた。

だがあまりにも小さかったし、もう遅《おそ》すぎた。

動きだしたレイチェルは、ちょっとぐらいの傷《きず》ではとまらなかった。

〈しょうもないチビめが！〉レイチェルが怒《いか》り狂《くる》って叫《さけ》んだ。〈このわたしを攻撃《こうげき》しようっていうの?!〉

ホルク・バジールは倒《たお》れ、レイチェルの巨大《きょだい》な足の下敷《したじ》きになった。そのうめき声は、レイチェルのかん高いおたけびにかき消された。

タクソンは逃《に》げだそうとした。やろうと思えば、連中《れんちゅう》もすばやく動くことができるのだということがわかった。

それと同時に、ゾウが予想以上《よそういじょう》にすばやいということもわかった。きわめて敏捷《びんしょう》に動くことができるのだ。

レイチェルの足がタクソンの背《せ》の端《はし》を捕《と》らえた。タクソンの針《はり》みたいな足は小枝《こえだ》が折《お》れるような音をたててぺしゃんこになり、でかいムカデのつぶれた肉から、べとべとした黄色い体液《たいえき》がにじみ出した。

レイチェルはその上をずんずん進み、あとにはものすごく気持ちの悪い、大きなぐちゃぐちゃのかたまりが残《のこ》った。つぶれたタクソンのひどいにおいに、ぼくは気が遠くなりそうだった。

男はまだそこに立っていた。「ゾウだと？」と、ほんとうとは思えないというようにいった。

レイチェルが、男の胴体《どうたい》に鼻を巻《ま》きつけた。

〈そうよ〉ぼくらにはレイチェルのいうのがきこえた。〈ゾウよ〉

男が悲鳴をあげた。ほんものだってことがやっとわかったんだろう。

レイチェルは男を宙《ちゅう》にほうりなげたが、落ちた先は見えなかった。

「早く！」とぼくはマルコにどなった。「モーフだ！」

「おみごと、レイチェル」とマルコはいった。「これからはきみを怒《おこ》らせないようにしなくちゃ」

ぼくはあのトラに気持ちを集中した。そのＤＮＡがぼくのなかにある。ジャングルにもどって獲物《えもの》を追ったり倒《たお》したりしたいと願《ねが》いながら、ガーデンズの檻《おり》のなかに寝《ね》そべっていたすがたを、思い浮《う》かべた。ＤＮＡを使わせてもらっても、トラはいやがらないんじゃないかという気がした。ここはジャングルでこそなかったが、たしかに弱肉強食の世界だ。

〈ホルク・バジールがもっとやってくるわ！〉とレイチェルがいい、牙《きば》をかまえてそちらに向きなおった。

　モーフが始まったのがわかった。顔から毛が生え、おしりからしっぽがびゅんと伸《の》びる。腕《うで》は筋肉《きんにく》が盛《も》りあがって波打ち、がっしりと太くなった。シャツが裂《さ》けた。ぼくは前足となった両手を地面についた。

　みなぎる力！

ぞくぞくした。スローモーションで見る爆発《ばくはつ》のように、自分のなかでトラの力が大きくなっていくのが感じられた。

　危険《きけん》そうにまがった長い爪《つめ》、すべてのものをずたずたに切り裂《さ》く爪が、弱々しい人間の手から生えてくるのが見えた。口のなかで歯が伸びるのを感じた。

　暗《くら》やみの向こうも、まっ昼間《ひるま》の光のもとのように見わたせる。

が、なによりもすばらしいのは、その力だった！　途方《とほう》もない、かんぺきな力。

おそれるものはなにもない！

ホルク・バジールが腕《うで》の刀《かたな》をふりかざしながら、こちらに向かってきた。

ぼくが口を開き、思いっきり吠《ほ》えると、ホルク・バジールはその場に凍《こお》りついた。

そういうことだよ、かわいいホルク・バジールくんたち――ぼくの人間の脳《のう》は考えた。トラと対決《たいけつ》するときが来たのだよ。

うしろ足の筋肉《きんにく》がぐっと縮《ちぢ》んだ。ぼくは歯をむきだし、もういちど地面が揺《ゆ》れるほどのうなり声をとどろかせた。

そして爪《つめ》を広げ、空中に飛《と》んだ。

第二十五章

宙《ちゅう》に舞《ま》ったぼくは、いちばん近くにいたホルク・バジールの胸《むね》もとに飛びかかった。そいつはぼくに押《お》し倒《たお》され、転がりながら起きあがろうとした。すばやい動きだ。が、ぼくのほうがすばやかった。

かみそりのような腕《うで》が切りつけてくる。ぼくは頭を引っこめてその一撃《いちげき》をかわした。自分でも見えないほどのすばやさで左前足がさっと動き、ホルク・バジールの肩《かた》に、体液《たいえき》のにじんだ四本の傷《きず》あとがのこった。

もうひとりホルク・バジールだ！　手首の刀《かたな》とひじの刀、そしてカギ爪《づめ》が音を立てて回転している。まるでパワー全開の二台の芝刈《しばか》り機《き》のようだった。

それでもぼくのほうがすばやかった。つぎになにが起こったのかはおぼえてもいない。ただトラの――つまりぼくの――襲《おそ》いかかる爪《つめ》とがちりと鳴る口の残像《ざんぞう》があるだけだ。ぼくは、オレンジ色と黒の縞《しま》もようのつむじ風だった。

ホルク・バジールはたじろいだ。そして背《せ》を向けて逃《に》げだした。

横手にレイチェルのすがたが見えた。ホルク・バジールを牙《きば》に引っかけて持ちあげ、人形みたいにうしろにほうり投げていた。

それからマルコが見えた。マルコのきゃしゃな体が、ビッグ・ジムのがっしりした体に変《か》わりつつあった。

〈キングと呼《よ》んでくれ〉マルコはいった。〈キング・コングだ〉

キャシーがいったように、ゴリラはほんとうはとてもおだやかで平和的《へいわてき》で、おとなしい生き物だ。しかし同時に、とても強い。ものすごく強いのだ。

ゴリラとくらべれば、人間なんてつまようじでできているみたいなものだ。

ホルク・バジールはかなり大きな生き物だ。身長は二メートルほどもあり、頑丈《がんじょう》な体つきをしている。だが、マルコがゴリラの大きなこぶしをふりあげ、そばにいたホルク・バジールの下腹《したばら》を打つと、そいつはばったりと倒《たお》れてしまった。

ぼくは吠《ほ》えた。レイチェルがかん高いおたけびを上げた。マルコは倒れたホルク・バジールを持ちあげ、ぬいぐるみのように横にぽいとほうった。

残《のこ》ったホルク・バジールたちはいっせいに逃《に》げだした。

〈いまだ！〉とぼくは叫《さけ》んだ。〈やつらがまた団結《だんけつ》するまえに！〉

ぼくらは突撃《とつげき》した。レイチェルは、まるで東京へ向かうゴジラのように、小さな倉庫《そうこ》や建《たて》物《もの》を踏《ふ》みつぶしながら突《つ》き進んだ。

マルコは腕《うで》をふりまわし、行く手に立ちふさがるものすべてを払《はら》いのけるようにして進んだ。マルコの一撃《いちげき》をくらったものはみな、倒《たお》れたまま動かなかった。

ぼくはといえば、トラに向かってくるおろかな寄《き》生者《せいしゃ》がいないかと目を配りながら、そのまんなかを走っていった。

檻《おり》のあるところまでたどり着いた。なかにいる人々やホルク・バジールはぼくらを見ると、あとずさりした。寄生者とおなじくらい、ぼくらのことをこわがっている。それもそうだろう。みんなは、ゾウとゴリラとトラで結成《けっせい》された救助隊《きゅうじょたい》なんか期待していなかっただろうから。

マルコが檻のひとつにかけられた錠《じょう》をもぎ取ろうとすると、錠はこわれてぱっと扉《とびら》が開いた。みんなを安心させようとして、マルコはとても人間らしいしぐさをした。まず小さくおじきをし、それから出ておいでというように指をまげてみせたのだ。

いちばん最初《さいしょ》に出てきたのはトムだった。おびえといかりと決意に満《み》ちたようすをしていた。ぼくはテレパシーを送って、トムに自分の正体《しょうたい》を知らせようとした。が、そのとききゅうに、レイチェルの叫《さけ》び声が頭のなかにひびいた。

〈ジェイク！　たいへん。キャシーが！〉

キャシーは侵入《しんにゅう》用の桟橋《さんばし》の先端《せんたん》近くまで連《つ》れていかれていた。ホルク・バジールと監視役《かんしやく》のタクソンはいまだに自分の任務《にんむ》をつづけていて、ちょうどひとりの人がイェルク・プールに頭を押《お》しこまれているところだった。

〈キャシーがつぎだ！〉とぼくは叫んだ。

〈心配するな、トムのことは引きうけたから。行けよ。キャシーがやられるまえに行くんだ！〉とマルコがいった。

ためらっている一瞬《いっしゅん》のあいだに、さまざまな思いが頭のなかをよぎった。あとになって、あのときのことを考える。ひょっとしたら……もしかしたら……もしもあのとき、と。

ぼくはかけだした。キャシーのところへ行かなければ！

そのあいだにも、桟橋にいたふたりのホルク・バジールがキャシーの腕《うで》をつかんだ。

「やめてえええ！」キャシーは叫んだ。

ぼくは全速力で走った。タクソンを飛《と》びこえ、ホルク・バジールから身をかわし、文字どおり飛《と》ぶように走った。

が、じっさいに飛べたわけではなかった――トバイアスのようには。洞窟《どうくつ》のはるか上空からトバイアスが舞《ま》いおりてきた。弾丸《だんがん》のようだ。

カギ爪《づめ》をむきだしたトバイアスは、時速八十キロの速度《そくど》でひとり目のホルク・バジールにぶつかった。そしてふたたびさっと舞いあがると、異星人《いせいじん》はさっきまで目があったところに残《のこ》ったぐちゃぐちゃのあとを抱《かか》えるようにしてもがいていた。

それだけでキャシーにはじゅうぶんだった。ホルク・バジールの手から逃《のが》れたキャシーは、かけ足で桟橋《さんばし》から逃《に》げだした。

ようやくたどり着いたぼくは、残《のこ》ったホルク・バジールの寄生者《きせいしゃ》を追った。

〈モーフだ！〉とキャシーに叫《さけ》んだ。〈モーフして、階段《かいだん》のほうへもどるんだ！〉

キャシーは列のうしろに並《なら》んでいた人間やホルク・バジールに目をやった。「走って！　みんな、逃げるのよ！」

みんな走りだした。キャシーは恐怖《きょうふ》にかられた人々のあいだに飛《と》びこんだ。ほどなくして人々の肩《かた》よりも上に、黒いたてがみの生えた首があらわれた。キャシーが馬に変身《へんしん》して、階段に向かって走っているのだった。

ぼくもそのあとを追って走りだした。プールをまわって、マルコやレイチェルやトム、それにぼくらで檻《おり》から出してやったおおぜいの宿主《やどぬし》たちのほうへ向かった。

寄生者《きせいしゃ》たちが団結《だんけつ》しはじめていた。タクソンの一団が、キャシーとぼくをとめようとずるずる這《は》いでてきた。ホルク・バジールもタクソンも、武器《ぶき》を持ちだしていた。

〈飛《と》びこえよう！〉一列に並《なら》んだタクソンに近づきながら、ぼくはキャシーにいった。

〈飛びこえよう！〉キャシーも叫《さけ》びかえしてきた。

ぼくは飛びあがった。キャシーも跳《は》ねあがった。ぼくらは並んで、おどろいているタクソンたちの上を飛びこえた。連中《れんちゅう》は手に持ったドラコン・ビームを発射《はっしゃ》したが、もう遅《おそ》かった。光線はぼくらの背後《はいご》でジュッと音をたて、ぼくらは無事《ぶじ》に飛びこえていた。

レイチェルの灰色《はいいろ》の巨体《きょたい》がすぐ目のまえに見えた。階段は近くだ。トムといっしょにいるマルコのすがたも見えた。

もうすこしでうまくいくぞ！

そのときだった。ホルク・バジールのあいだから、あいつが気取ったようすで進みでてきたのだ。

アンダリテのすがたをしているあいつは、まるで無害《むがい》に見えた。青みがかった毛なみに、ひょうきんな感じに伸《の》びている三つ目の目を持つ、半分シカで半分人間のやさしげな生き物。

ヴィセル・スリーはおそろしくは見えなかった。ホルク・バジールやタクソンや、ぼくたち地球上の動物にくらべてさえも。

だが、ヴィセル・スリーはアンダリテの体に寄生《きせい》している。アンダリテのモーフ能力《のうりょく》を持っているのだ。しかも宇宙《うちゅう》のいたるところで、地球上では見たこともないような怪物《かいぶつ》のDNAを手に入れてきている。

一匹《ぴき》のタクソンがヴィセル・スリーのそばに這《は》いより、話しかけた。奇妙《きみょう》な、ヒューヒュー鳴るような音だった。「ススススウィー、トレレスゥー、イイイストリュー」

ヴィセル・スリーはなにもこたえず、垂直《すいちょく》に切れこんだ目でぼくを見つめた。

〈このタクソンのばかものが、おまえたちは野生の動物だといっている〉とヴィセル・スリーはいった。〈おまえらを食べてもだいじょうぶかどうか知りたい、とさ〉ヴィセル・スリーは声を出さずに笑《わら》った。〈だが、おまえたちは野生動物などではないな。正体はわかっているんだ。すると、宇宙船を燃《も》やしたときに、おまえたちアンダリテは全滅《ぜんめつ》したわけではなかったのだな〉

二、三秒ばかりのあいだ、ヴィセル・スリーがなにをいっているのか理解《りかい》できなかった。そこではっとした。もちろんそうだ！　ヴィセル・スリーは、ぼくらをアンダリテだと思っているのだ。やつはぼくらがほんものの動物ではなく、モーフしたものだと気づいていたのだろう。さらに、モーフの技術《ぎじゅつ》を持つ種《しゅ》はアンダリテだけであることも知っていた。

〈ここまでやってきたことには敬意《けいい》を表《ひょう》しよう。だが、これまでだ。わが勇敢《ゆうかん》なアンダリテの戦士《せんし》諸君《しょくん》、きみたちにも死すべきときが来たようだ〉

ヴィセル・スリーはモーフしはじめた。

〈この体は、滅《ほろ》びかけていた恒星《こうせい》の第二惑星《わくせい》の四番目の衛星《えいせい》で手に入れたものだよ。気に入ってもらえるかな？〉

希望《きぼう》を抱《いだ》きかけたのはまちがいだった。

うまくいくはずがなかった。

第二十六章

ヴィセル・スリーの宿《やど》ったアンダリテの体が、ある生き物へと変《か》わっていった。木ほども背《せ》が高く、レイチェルのゾウよりも大きい。巨大《きょだい》な足が八本。ひょろりと長い八本の腕《うで》にはそれぞれ三つのカギ爪《づめ》がついている。さらに、腕のつけ根から頭が生えてきた。

頭は一つではない。八つあった。この生き物は、体のそれぞれの部分が八つずつあるのだった。

ホルク・バジールの寄《き》生者《せいしゃ》たちでさえ、あとずさった。さすがに、こんなふうに変身《へんしん》したヴィセル・スリーのそばにはいたくないようだった。

だが、タクソンたちはじりじりと近よっていき、残飯《ざんぱん》を狙《ねら》う飢《う》えた犬のように、ヴィセル・スリーのまわりに群《むら》がった。

ぼくは恐怖《きょうふ》で凍《こお》りついた。どぎもを抜《ぬ》かれた。ぼくの一部であるトラでさえも、混乱《こんらん》し、うろたえていた。

モーフの能力《のうりょく》さえあれば、どんな相手にも負けない気になりかけていた。が、この怪物《かいぶつ》とは勝負にならなかった。とてもじゃないけど勝ち目はない。

〈逃《に》げろ！〉ぼくは仲間たちに叫《さけ》んだ。〈階段《かいだん》を上《のぼ》るんだ！〉

キャシーがふたりの女の人を檻《おり》からそっと押《お》しだし、頭を反《そ》らせた。ふたりがその意図《いと》を理解《りかい》してキャシーの背《せ》にまたがると、キャシーは階段をめざして疾走《しっそう》しはじめた。

〈そうだ、逃げろ〉ヴィセル・スリーがうれしそうな声をあげた。〈そのほうが狙《ねら》いがいがあるというものだ〉

そういうと、ヴィセル・スリーは攻撃《こうげき》を開始《かいし》した。

頭のひとつから炎《ほのお》の玉がぐるぐるまわりながら飛《と》びだし、ミサイルのように飛んでいった。炎の玉は宙《ちゅう》を飛んで、キャシーの背に乗っていたひとりの背中に命中した。

「きゃあああ！」その女の人は悲鳴をあげながら落馬し、背中《せなか》に燃《も》えうつった火を消そうと転がりまわった。キャシーは残《のこ》ったひとりを乗せたまま走りつづけ、階段の下までたどり着いた。

〈射撃《しゃげき》の練習だ！〉ヴィセル・スリーは笑《わら》いながら、それぞれの頭からつぎつぎと炎の玉を撃《う》ちつづけた。

一発がぼくの肩《かた》をかすめ、軽くこがしていった。一発はレイチェルの耳にあたった。頭のなかにレイチェルの悲鳴がきこえ、あたりにはおびえたかん高い鳴き声がひびいた。

いたるところで炎《ほのお》が燃《も》えていた。

〈ここから脱出《だっしゅつ》しなくちゃ！〉とマルコが叫《さけ》んだ。

〈うん、走れ！　階段《かいだん》に向かって走るんだ！〉とぼくはこたえた。〈レイチェル！　前進だ！　通り道をつくってくれ！〉

ぼくらは一団《いちだん》となって階段に向かったが、そのときにはタクソンたちが迫《せま》ってきていた。ヴィセル・スリーから逃《のが》れた人間には、タクソンが群《むら》がった。

トムのすがたが目の端《はし》に入った。取りかこむ二匹《ひき》のタクソンに向かってこぶしをふりまわしていた。痛手《いたで》をあたえることなんてできないのに、それでもトムはやめなかった。

レイチェルがそちらへ走っていき、そのまま突進《とっしん》して木の幹《みき》のような足で一匹《びき》を踏《ふ》みつぶした。マルコは二匹目のタクソンを抱《かか》えこみ、そいつの体が裂《さ》けるまでねじった。腐《くさ》ったにおいのする内臓《ないぞう》が地面いっぱいに散らばった。

階段を上りかけたレイチェルが足をとめた。ゾウの体はいろんな場面ですばらしく役に立つ。が、階段を上るのにはぐあいが悪《わる》かった。

〈もとにもどるんだ！〉とぼくはレイチェルにいった。

レイチェルの体はたちまち縮《ちぢ》みはじめたが、モーフが完全に終わるまで待っている余裕《よゆう》はなかった。一部は人間で一部はゾウという、モーフとちゅうの灰色《はいいろ》とピンク色のかたまりのまま、レイチェルは階段を上りはじめた。中途半端《ちゅうとはんぱ》にもとにもどった奇妙《きみょう》な足のせいでふらつき、しぼみかけの鼻を引きずっている。きれいな顔がだいなしだった。

ぼくらは走った。だが、どうしようもなかった。

階段を三十段ばかりのぼったころには、ぼくたちといっしょにいるのは、数人の人間とふたりのホルク・バジールだけになっていた。あとはみんな、奪《うば》いかえされたり焼《や》かれたりしてしまった。

炎《ほのお》の玉が足にあたって、ぼくはうなり声をあげた。それでもぼくらは逃《に》げつづけた。

階段を三十メートルほど上ったところで、最後に残《のこ》ったふたりのホルク・バジールがヴィセルの炎の玉にやられ、燃《も》えながら落ちていった。

いまやヴィセル・スリーひとりだけが、階段を上《のぼ》ってきていた。あまりに巨大《きょだい》なため、階段からはみだしそうになっている。幅《はば》がせまくなっているところまでたどり着けば、ヴィセル・スリーから逃れられるだろう。ちらりと見あげると、人間をひとり乗せたキャシーの無《ぶ》事《じ》なすがたが先を行くのが見えた。

あとの仲間は、トムや救出《きゅうしゅつ》された気の毒《どく》な人たち数人といっしょにひとかたまりになっていた。

ヴィセル・スリーが、ぼくらの行く手に向けて炎《ほのお》の玉を乱射《らんしゃ》しはじめた。ぼくたちは身動きができなくなった。目のまえには炎。背後《はいご》にはヴィセル。

「やめろ」ききおぼえのある声がした。「やめろ、このきたないこそどろ野郎《やろう》。もう思いどおりにはさせないぞ」

トムだった。

たったひとりで両のこぶしだけを頼《たよ》りに、トムはヴィセル・スリーに向かっていった。

ヴィセルの腕《うで》の一本がトムに向かって打ちおろされた。

〈トム!〉ぼくは叫《さけ》んだ。あらんかぎりの力をもってトラが吠《ほ》えた。だがその声も、人間の悲鳴や笛の鳴るようなタクソンの声のなかでかき消されてしまった。

トムがヴィセルの一撃《いちげき》によろめくのが見えた。

トムが階段から落ちてゆく。

頭に血が上《のぼ》った。

なにが起きているのか気づくまもなく、ぼくはヴィセルに飛《と》びかかっていた。やつの肉に爪《つめ》を食いこませ、八つある頭のひとつのうしろ側《がわ》によじのぼっていった。

ぼくのなかのトラが、すべきことを知っていた。やつの首に歯を食《く》いこませ、力づよいあごをかみしめると、そのまま食らいついていた。

べつの頭がふりむいて、炎《ほのお》の玉を撃《う》ってきた。最初《さいしょ》の一発はかわしたが、二発目がわき腹《ばら》をこがした。ぼくは飛《と》びのいた。

ヴィセル・スリーが痛《いた》みにうなり声をあげた。ぼくは憎《にく》しみのうなり声をあげた。

そしてぼくらは走った。走って、走って、迫《せま》りくる悪夢《あくむ》から逃《のが》れようと、ひたすら階段《かいだん》をかけのぼった。

第二十七章

ぼくらは走った。疲《つか》れきって火傷《やけど》を負《お》っておびえきって、ひたすら走った。ヴィセル・スリーはひとつ計算ちがいをしていた。モーフしたすがたが巨大《きょだい》すぎて、階段《かいだん》の上までは追ってこられなかったのだ。

ようやく逃《に》げきったとき、ヴィセル・スリーがわめくのがきこえた。〈おまえたち全員を殺《ころ》してやるぞ、アンダリテ。逃げるがいい、逃げたってどうにもならんぞ！　みな殺《ごろ》しだ！〉

おあいにくさまだが、どうにもならなかったとは思わない。たしかにヴィセル・スリーを倒《たお》したわけではないが、ぼくらアニモーフは戦《たたか》いから生還《せいかん》したのだ。

結果《けっか》として、救出《きゅうしゅつ》できた人間はひとり。キャシーの背《せ》にまたがってあの地獄《じごく》の穴《あな》から脱《だっ》出《しゅつ》した女の人だ。

キャシーの身も安全になった。キャシーをつかまえたあの疑《うたが》いぶかい警官《けいかん》は、キャシーの名前や住所、そしてキャシーがシェアリングの集会をさぐっていたことを知っている、ただひとりの寄生者《きせいしゃ》だった。

キャシーは、あの警官についてはもう心配いらないといったが、やつの身になにが起きたかについては話したくなさそうだった。

トムは……ぼくの兄貴《あにき》は、自由の身にはなれなかった。

あの晩遅《ばんおそ》く、恐怖《きょうふ》のなごりでがたがたとふるえ、泣《な》きながら自分のベッドに横になっていたぼくは、トムが帰ってきた音をきいた。

ぼくがあのトラだったことをトムは知らない。トムを助けるまであと一歩というところまでいったことも知らない。兄貴はまた寄生者になってしまった。イェルクがふたたび頭のなかに宿《やど》っているのだ。

キャシーとマルコとレイチェルとぼくは、そろって階段を上《のぼ》りきり、学校の廊下《ろうか》に出た。

これからあの廊下を見ても、もう以前《いぜん》とおなじようには思えないだろう。

トバイアスは？　トバイアスも生き残《のこ》った。

もう朝も近くになって、羽で窓《まど》をたたくような音でぼくは深い眠《ねむ》りから覚《さ》めた。

窓《まど》を開けるとトバイアスが飛《と》びこんできた。

「脱出《だっしゅつ》できたんだな」とぼくはいった。「まったくもう、心配したよ。まだあそこに閉《と》じこめられてるんじゃないかと思ってさ。きっとあの洞窟《どうくつ》のどこかに隠《かく》れる場所を見つけたんだろうと思ったけど、でもそれだとモーフの時間が長くなりすぎるだろ。かといって、もとのすがたにもどれば、見つかっちゃうし。ああ、安心したよ」

〈ぼくも安心したよ、ジェイク。みんなはどう?〉

「生きてるよ」とぼくはいった。「生きている。肝心《かんじん》なのはそのことだよな」

〈うん。なにより大事なのはそれだよね〉

「さあ、トバイアス、人間にもどれよ。ここに泊《と》まっていけばいい。ベッドを使わせてやってもいいぜ。めちゃくちゃ疲《つか》れてて、どこでも寝《ね》られそうなんだ」

トバイアスはなにもいわなかった。ぼくも、こころの奥《おく》ではずっとわかっていたんだと思う。ただ、みとめたくなかったのだ。

「ほら、トバイアス」とぼくはもういちどいった。「もとにもどれよ」

〈ジェイク……〉

「いいから早く、人間にもどるんだよ。今夜はもう飛ぶのはおしまいだ」

〈しばらくあの洞窟に隠れていたんだ〉とトバイアスはいった。〈連中《れんちゅう》には見つからなかった。だけど、脱出《だっしゅつ》するチャンスがなくて、ずっと隠《かく》れてなくちゃならなかった。ジェイク……それで時間がたってしまったんだ。長すぎた。二時間以上《いじょう》になっちゃったんだ〉

ぼくはただじっとトバイアスを見つめた。射《い》すくめるような目、危険《きけん》そうなくちばし、そして鋭《するど》いカギ爪《づめ》を。大空をはばたく、広く、力づよいつばさを見つめた。

〈これからは、これがぼくってことになるんだね〉とトバイアスはいった。

自分の頬《ほお》を涙《なみだ》がこぼれ落ちていくのがわかったが、そんなことはどうでもよかった。

〈いいんだよ、ジェイク。きみのいったとおり、ぼくたちは生きているんだから〉

ぼくは窓辺《まどべ》に行き、星空を見あげた。あのどこかに、冷《つめ》たくまたたくあの星のどれかひとつに、アンダリテの故郷《こきょう》がある。あのどこかにあるのだ……希望《きぼう》が。

〈きっと来てくれるよ〉とトバイアスがいった。〈アンダリテたちはかならず来てくれる。だからそれまでは……〉

ぼくはうなずき、涙をぬぐった。「ああ、それまではぼくらが闘《たたか》うんだ」

世界の未来は子どもたちの手に――訳者《やくしゃ》あとがきにかえて

ごくふつうの男の子ジェイク。両親と兄さんの四人家族。宿題をしたり、ショッピングモールに遊びに行ったり、親友とテレビゲームの腕《うで》を競《きそ》いあったり。校内のバスケットボール・チームの入団《にゅうだん》テストに落ちたことが目下《もっか》最大《さいだい》の憂《うれ》いごと。そんなジェイクが偶然《ぐうぜん》のなりゆきから、ほかの四人の、これまたごくふつうの子どもたちといっしょに、地球侵略《しんりゃく》をたくらむ異星人《いせいじん》イェルクに抵抗《ていこう》して闘《たたか》うはめに……

五人にあるものといえば地球人を助けようとして亡《な》くなったべつの異星人アンダリテから授《さず》けられた力――DNAさえ手に入れれば、どんな動物にでも変身《へんしん》することができるという能力《のうりょく》だけ。

しかし、ものは使いよう。五人はこの力をうまく使って、とても太刀《たち》打ちできそうにない強力な相手に向かっていきます。

わたしたちのまわりにいるさまざまな動物。考えてみれば、人間という動物にはできないことだって、ほかの動物には朝めしまえだったりしますよね。ものの見えかた、聞こえかた。においはどんなふうに感じられるの？　歩くときや動くときには体はどんな感じ？　どれを取っても、人間とはずいぶんちがっているかもしれません。ほかの動物になるというのは、いったいどんな気がするものなのでしょう？

モーフと呼《よ》ばれるこの変身能力《へんしんのうりょく》を使って、五人がどんなふうにほかの動物になるか、どんなふうにイェルクと闘《たたか》っていくか——本書を読んで、どうぞ存分《ぞんぶん》に楽しんでください。

この本の作者であるK・A・アップルゲイトは、一九五六年生まれの女性で、現在《げんざい》はアメリカのイリノイ州《しゅう》に住んでいます。子どものころから動物が大好《だいす》きで、将来《しょうらい》は獣医《じゅうい》か作家になりたいと考えていたそうです。作家になるほうを選《えら》んだのは、そのほうがあらゆる種類《しゅるい》の動物（ひょっとしたら地球以外《いがい》からやってきた生物も！）といっしょに時間をすごせると考えたからだそう。ほんとうに動物が好きなのですね。インタビューにこたえて、本書を読む子どもたちには、自然《しぜん》界《かい》に対《たい》して畏《おそ》れ敬《うやま》う気持ちを持ってほしいといい、「動物という存在《そんざい》は、異星人《いせいじん》に勝《まさ》るとも劣《おと》らないすばらしい驚異《きょうい》」であるといっています。

また作者は、この物語のなかとおなじように、現実《げんじつ》でも、世界の未来を救《すく》うのは子どもたちだといいます。子どもは毎日大きくなっていきます。わたしにも五人とおなじ年ごろの姪《めい》がふたりいますが、会うたびにその成長ぶりにおどろかされます。そして同時に明るい希望《きぼう》に満《み》たされます。子どもたちが大きくなって、この世界に平和をもたらすものとなってくれますように——作者の願《ねが》いは、またわたしの願いでもあります。

本書はアメリカで大人気の、全五十巻《かん》を越《こ》えるシリーズの第一巻です。性格《せいかく》も、生まれ育った環境《かんきょう》もちがう五人の主人公たちが、一巻ごとに交代で語り手をつとめます。毎回、とても自分たちの手には負えないように見える事態《じたい》に直面しては勇気《ゆうき》を奮《ふる》いおこし、知恵《ちえ》を出しあい、いろいろな動物に変身《へんしん》して、なんとか困難《こんなん》を乗りこえてゆく五人。いったん読みはじめると、その活躍《かつやく》から目がはなせなくなるにちがいありません。

日本でもたくさんの人に、そのおもしろさにふれ、五人といっしょにほかの動物になるという体験《たいけん》を味わってもらえたら、そして、仲間とともに勇気を出して、それまでより一歩だけまえに踏《ふ》みだした自分になってゆく物語を楽しんでもらえたら、と思います。

二〇〇四年一月

次回『アニモーフ2　おそろしき訪問者《ほうもんしゃ》』では……

わたしはレイチェル。わたしたちアニモーフは、こんどこそイェルクたちをやっつけるため、チャップマン先生をさぐって情報《じょうほう》を得《え》ることにした。チャップマンの娘《むすめ》のメリッサとわたしは、ずっと仲よしだった。でもこのごろ、メリッサのようすがおかしい。よそよそしくて、まるでわたしを避《さ》けているみたい。いったいなにがあったの？

　メリッサの助けになってあげられればと、わたしはチャップマン家に潜入《せんにゅう》する役を引きうけた。メリッサが飼《か》っているネコにモーフして、家のなかをかぎまわってみたのだ。チャップマン先生も奥《おく》さんもメリッサも、みんなふつうに暮《く》らしているように見える。だけど、どこかが変《へん》。イェルクのせいだ。この家にはイェルクが入りこんでいる。まさか、メリッサも寄生者《きせいしゃ》？

　チャップマンが地下室へと階段《かいだん》を下りていく。わたしもこっそりついていった。地下にあったのは奇妙《きみょう》な小部屋《こべや》。と、そこに強烈《きょうれつ》な光がさした。光のなかにあらわれたのは、なんと……!?

第二巻《かん》をお楽しみに！

早川書房の児童書〈ハリネズミの本箱〉

アニモーフ1　エイリアンの侵略《しんりゃく》

二〇〇四年二月　十　日　初版印刷
二〇〇四年二月十五日　初版発行

著　者　K・A・アップルゲイト
訳　者　羽地和世《はねじかずよ》
発行者　早川　浩
発行所　株式会社早川書房
東京都千代田区神田多町二―二
電話　〇三-三二五二-三一一一（大代表）
振替　〇〇一六〇-三-四七七九九
http://www.hayakawa-online.co.jp
印刷所　株式会社精興社
製本所　大口製本印刷株式会社

Printed and bound in Japan
ISBN4-15-250017-4　C8097

早川書房の児童書〈ハリネズミの本箱〉

モリー・ムーンが時間を止める

ジョージア・ビング
三好一美訳
46判上製

モリーの催眠術《さいみんじゅつ》がパワーアップ！

催眠術の達人《たつじん》がアメリカ征服《せいふく》をたくらんでいることを知ったモリー。さあ、出番だ！　手ごわい相手と戦ううちに、モリーは時間を止める力が自分にそなわっているのに気づいた――強力催眠術が炸裂《さくれつ》する、大冒険《だいぼうけん》の物語第二弾《だん》！